政治／国際関係／平和学／経済

石橋湛山の〈問い〉 望月詩史
●日本の針路をめぐって 6000円

はじめて学ぶEU 井上 淳
●歴史・制度・政策 2400円

社会はこうやって変える! 2400円
●コミュニティ・オーガナイジング入門
マシュー・ボルトン 著／藤井敦史・大川恵子・坂無 淳・走井洋一・松井真理子 訳

資源地政学 2700円
●グローバル・エネルギー競争と戦略的パートナーシップ
稲垣文昭・玉井良尚・宮脇 昇 編

国際行政の新展開 2800円
●国連・EUとSDGsのグローバル・ガバナンス
福田耕治・坂根 徹

国際平和活動の理論と実践 2400円
●南スーダンにおける試練
井上実佳・川口智恵・田中(坂部)有佳子・山本慎一 編著

ドイツはシビリアンパワーか、普通の大国か?
●ドイツの外交政策と政策理念の危機と革新
中川洋一 7700円

核のある世界とこれからを考えるガイドブック
中村桂子 1500円

経済政策入門
藤川清史 編 2800円
基礎的な知識の習得と現実の経済政策の動向、問題点を論理的に理解、考察できることをめざした入門書。

平和学のいま 2200円
●地球・自分・未来をつなぐ見取図
平井 朗・横山正樹・小山英之 編

深く学べる国際金融 2400円
●持続可能性と未来像を問う
奥田宏司・代田 純・櫻井公人 編

国際通貨体制の論理と体系 7800円
奥田宏司

一般賠償責任保険の諸課題 6400円
●CGL・保険危機の示唆と約款標準化
鴻上喜芳

◆…視点から

…和を考える…ュメンタリー
…編 2000円
平和研究・教育のための映像資料として重要なNHKドキュメンタリーを厳選し、学術的知見を踏まえて概説。

◆社会学の視点から

自分でする
DIY社会学
景山佳代子・白石真生 編 2500円

はじめて社会学を学ぶ人のための実践的テキスト。少しずつ学びを深められ、"社会学する"ことのおもしろさを実感できる。

◆社会福祉の視点から

幸せつむぐ障がい者支援
デンマークの生活支援に学ぶ
小賀 久 2300円

デンマークにおける障がい者支援の変遷と実際、考え方やしくみを具体的に紹介。支援の本質を究明し、誰もが幸せになるための社会的諸条件を提示。

（う、うわぁうわぁ、
お兄さんとふつーにお話ししちゃってる!?
へ、変なこと言ってないよね？
誤字とかも大丈夫だよね!?）
先ほどから沙紀の心臓は
けたたましく鳴り響いており、
肩どころか全身をガチガチにしてしまっていた。
村尾沙紀
Saki Murao
月野瀬神社の一人娘で神秘的な美少女。隼人のことが好きなのに、意識しすぎてメールの文章が固くなってしまうのが悩み。

「いらっしゃいませ！
お席にご案内します！」

馬の背中に模した浮き輪に跨がる最大2人乗りのそれは、
仲睦まじく密着して滑るカップルの姿ばかりが目に映る。
あんな形で密着すれば、肌の大部分を重ね合わせてしまうことになる。
海童一輝
Kazuki Kaidou
霧島姫子
Himeko Kirishima

二階堂春希
Haruki Nikaidou
霧島隼人
Hayato Kirishima
「アレはその、非常にアレだな……」
「そ、そうだね、アレでアレだね……」

Contents

illustration by シソ　design by 百足屋ユウコ＋豊田知嘉（ムシカゴグラフィクス）

転校先の清楚可憐な美少女が、昔男子と思って一緒に遊んだ幼馴染だった件3

雲雀湯

角川スニーカー文庫

22890

プロローグ

青褪めた空。

何も描かれていない白紙の雲。

木々が風に揺られ雑音を喚く。

どこを見渡しても牢獄のように山々に囲まれており、何かが起こるわけでもなく、代わり映えのしない、時が停滞した色褪せた風景。

それが、さきにとっての世界だった。

平安時代から続く神社の１人娘として生まれ、物心が付く前から何の疑問も抱かせず仕込まれる神楽舞。

大人たちに囲まれ、からくり人形のように返す挨拶。

特にやりたいこともなく、ただ１人、月野瀬に次の巫女として在るだけの日々。

だからひどく、無味乾燥な世界だった。

故に幼いさきはその世界にあまり良(い)い感情を持っていない。

特に神楽舞の練習は厳しく、普段は優しい祖母が、父が、家族が、こと神楽舞の練習に関してだけは一切の妥協を許さず、弱音を吐くことさえできない。

何のために練習しているのだろう？

誰のために舞うのだろう？

一体、いつまでこんなことが続いていくのだろう？

正直なところ辞めたかった。

でもそれは許されなかった。

そもそも他の在り方を、さき自身がわからない。

さきの目に変化のない月野瀬(つきのせ)の村が映る。

世界には諦(あきら)めと停滞の鈍色(にびいろ)ばかり。

いつしかさきは俯(うつむ)くことが多くなった。


それはある年の夏祭りの日だった。

初めてさきが神楽舞を舞台で披露する時のこと。

とはいっても、さきにとって何も特別なことではない。

今まで散々練習してきたことを、場所を変えてこなすだけ。

いつもと違うことといえば、衣装がやたら豪華だということくらいだろうか。

周囲の目線の高い大人たちは、しきりに誉めそやすものの、何ら心に響かない。むしろいつもより衣装が重く暑苦しいだけ。

少しばかりの苛立(いらだ)ちを感じていた。

しかしそれを表に出したところでどうしようもない。

だからさきは、一心不乱に神楽を舞う。

そうした思いを鎮めるために。

『すげーっ、きれーなだけじゃなくてかっけーっ！』

『……え？』

神楽舞が終わった時のことである。ふと、そんな声が舞台下から聞こえてきた。

そちらの方へと目を向ければ、まぶしいばかりに瞳(ひとみ)を輝かせながら、ぱちぱちと手を叩(たた)く男の子の姿。その顔は喜びに彩られた鮮やかな笑顔をしている。

さきへのまっすぐで曇りのない賞賛と笑顔を向けられれば、どうしていいかわからない。

ふと、今まで凪いでいた心臓が、痛いほどに騒めきだす。自然と胸をぎゅっと掴む。どうしたわけか息苦しい。

全身があっという間に熱を帯び、頭はぐわんぐわんと回りだす。

まるで熱にうかされるかのようだった。

だというのに、決して嫌ではない。

さきは自分で自分がわからなくなっていく。

『っ！』

『あっ！』

だからさきは男の子の驚く声を置き去りに、思わずその場を駆けだした。

どこか得体のしれないものが胸に渦巻いている。

感情を上手く処理できない。

ただ1つだけ、何かが変わろうとしているのだけはわかる。

それがどこか空恐ろしく、祖母の姿を見つけたら、さきは助けを求めるかのように抱き着いた。

『〜〜〜っ！』

『さ、沙紀!? いったいどうしたんだい!?』

さきを受け止めた祖母は、ぐりぐりと額を一心に擦り付けてくる孫娘に戸惑うばかり。

『沙紀、どうしたの⁉』

『一体なにが……神楽もうまくやったじゃないか』

両親もさきの様子を心配して駆け寄ってくるが、いやいやと祖母に顔を埋めて頭を振るだけである。

彼らにとって、さきは手のかからない子だった。

ぐずることもあまりなく、聞き分けもよく我儘も言わず、神楽舞に関しては思わず指導に熱が入ってしまうほどの才を持っている、自慢の子だった。

だけどこれは、さきの初めての年相応の姿でもあった。

手をこまねくと共に、彼らはそのことを理解していく。

やがて落ち着きを取り戻したさきは、ゆっくりを顔を上げ辺りを見回す。

祖母と両親の他、普段よくしてくれている氏子たちも、さきを心配そうに見つめている。

それがほんの少しだけ心強くて、だから胸に生まれてしまったものを零して甘えずにはいられなかった。

『…………こわい』

『怖い？』

『うん』

『怖いって何が？』

『あの、男の子』

『霧島（きりしま）の坊か？　何か意地悪されたのか？』

『うぅん、かぐらがきれいでかっこいいって……』

『………へ？』

『よくわかんない、むねが苦しい。わたし、へんになっちゃった』

泣き出しそうな声で必死に訴えるも、周囲の皆の顔はみるみる相好を崩していくのみ。

さきはその反応に不満気に唇を尖（とが）らせるも、皆の顔があの男の子のように鮮やかに輝いていることに気付く。

目を大きく見開き、騒めき続ける胸に拳（こぶし）を当てる。

そして空を見上げる。

宝石箱をひっくり返したように瞬く満天の星の中に、凛（りん）とした大きな月が静かに輝いていた。

彼らを隠し流れていく群雲も、壮大な天の演出の様だ。

ザァッと風が吹く。

見渡す限りの山々が、木の葉を揺らし唄(うた)い出す。
目に映る風景も、皆の顔も、見慣れたもののはずだった。
だけどそれは、初めて見た光景でもあった。
どうして今まで気付かなかったのだろう？
胸の騒めきが収まらない。

この日、さきは世界が色付くのを自覚する。
それはさきがまだ、７歳の時のことだった。

第1話 脳裏にこびりついた言葉

隼人(はやと)は初めて春希(はるき)と出会った時のことを、今でも時々夢に見ることがあった。

肌を焦げ付かせるほどに照り付ける太陽。

喧(やかま)しいほどの蟬時雨(せみしぐれ)に、地面から立ち上る陽炎(かげろう)。

そこかしこに咲き誇り、風に揺らめく向日葵(ひまわり)が、いっそ鬱陶(うっとう)しいほどに夏を唄う。

暑い日だったのを覚えている。

『つるさい、だまれ、あっちいけ』

記憶の奥底にある、一番古い春希の言葉。

どこか諦めを悟ったかのような暗い顔、他人を拒絶する濁った瞳、何もかも信じられないと全身で不満を表しているくせに自分を見てくれとばかりに外で膝(ひざ)を抱えこむ。

それがとても気に入らなかった。

だからはやとは強引にはるきを連れ出した。

びっくりしている顔を見て、してやったりとほくそ笑む。

その後、はるきに何を言われたのかは覚えていない。

ただ、それが切っ掛けだったのは憶えている。

たくさん喧嘩もしたと思う。色々なことを言われたかもしれない。

けれど山に入れば競って野イチゴを狩り、川に行っては捕まえたサワガニの大きさを比べ、廃材置き場で互いに作った自慢の剣を披露しては打ち付け合う。

だからいつだって春希との記憶は笑顔が多い。

隼人はそんな楽しそうに遊ぶ幼い自分たちを、どこか俯瞰的に眺めていた。

（でも、春希は……）

そう、隼人はこれが夢だというはっきりとした自覚があった。

幼い子供が2人、牧歌的に遊びはしゃぐ姿は微笑ましい光景だ。

そのはず、だ。

『ボクね、田倉真央の私生児なんだ』

ふと、春希に告げられた言葉を思い出す。心臓が激しく脈打ち出すのがわかる。

目の前には無邪気に笑うはるき。

それがかつて、時折覗かせた陰のある顔と交差する。

（あぁ、くそっ！）

きっと春希はこの頃から自分の境遇を正しく理解していたのだろう。

そのことを何も知らず、ただただ暢気に走り回る自分がひどくバカみたいに思える。

けど。だけれども。

『ボクはね、隼人の本当の特別になれるよう、もっと強く変わりたい』

その秘密は決して、同情して欲しくて告げたものではない。

あの日、隼人に宣言した時の春希の声が脳裏をかすめる。

暗さも翳りもなく、澄み切った意志の強い、綺麗な色。

それを思い返すとまたも隼人の心臓は騒めきはじめ、咄嗟にその名前を叫ばずにはいられなかった。

「――春希っ！」

「みゃっ⁉」

「…………………へ？」

飛び起きた隼人は耳に返ってきた声に、困惑からか間抜けな声を漏らす。

覚醒しきらぬ目に飛び込んでくるのは、どうしたわけか隼人の制服を抱えた春希の姿。

まったくもって意味がわからない。

春希はいつも通り折り目正しく楚々と制服を着こなしているが、その顔は悪戯がバレた悪ガキの様に固まり、目をあちこちに泳がせている。

隼人は先ほどまで見ていた夢のこともあって、どんどんとジト目へと変わっていく。

口から転び出た声はどこか拗ねている色を滲ませており、低くなる。

「……何やってんだ？」

「ま、まだ何もヤッテナイヨ？」

「俺の制服に？」

「い、いやぁ、柔軟剤が良い香りで綺麗な洗剤だね⁉」

「春希……？」

「あーっ！　ボク、ひめちゃん起こしに行ってくるね！」

「あ、おいっ！」

そう言って春希は隼人に制服を押し付けたかと思えば、ドタバタと慌ただしく部屋を飛び出していく。

（ったく、春希は……そういや合カギ、渡していたんだっけか）

そのいつもと変わらぬ春希の後ろ姿を見送った隼人は、ひどく安心するとともに、なんだか馬鹿らしい気持ちさえ沸き起こり、くつくつと喉を鳴らす。

なんだかそれが不思議だった。

『ぎゃーっ！　ど、どどど、どうしてはるちゃんがここにいるのーっ⁉』

『わはははははーっ！』

隣の部屋からは姦しい春希と姫子の騒ぎ声が聞こえてくる。

押し付けられた制服のシャツには、春希が強く握ってしまったのか、少しだけくしゃりと出来てしまった皺。

そしてほんの少し自分とは違うどこか甘い独特の香りが鼻腔をくすぐれば、ドキリと心臓が跳ねてしまい、今度は制服と同じく隼人も眉間に皺を作るのだった。

朝から騒がしい春希と姫子をよそに、隼人は朝食の準備に取り掛かる。

朝の時間は貴重だ。

いつもと同じ時間ではあるものの、それほど余裕があるというわけではない。

今朝のメインはスクランブルエッグである。

卵液に角切りにしたクリームチーズと刻んだパクチーなどの余りものの香菜を入れ、塩コショウと牛乳で味を調えて、弱めの中火でトロトロになるよう木べらで掻き混ぜる。

それに酢、砂糖、みりん、豆板醤、ニンニクと水溶き片栗粉を合わせたものをレンジで加熱して作った、お手製スイートチリソースを掛ける。

食欲のあまりわかない暑い夏の朝でも、食の進む一品だ。

他にカットサラダにトースト、飲み物をお好みで合わせれば、朝食としては見栄えからしても上等なものだろう。

事実春希はわずかな時間であっという間に朝食が出来ていく様を、目をぱちくりさせながら眺めていた。

「どうした春希、食べないのか？」

「え、うぅん、いただきまーす」

「おにぃ、牛乳取って、牛乳！」

「はいはい、春希はコーヒーでよかったか？」

「うん、ミルクたっぷりで……ってひめちゃんは牛乳だけなんだ？」

「セーチョーキだもの……まだきっと大きく……せめて平均までとは言わない、はるちゃんくら――って、はるちゃんだよ、はるちゃん！　今日は一体朝からどうしたの⁉」

姫子は今それに気付いたとばかりに、据わった目で春希と、そして隼人をねめつけた。

その顔は少々拗ねた色をしており、そっと目を逸らす春希を見れば、どうやら妙な起こされ方をしたらしい。姫子はムズムズしながら首をさすっている。

隼人としても答えづらいものだった。

そもそも隼人にとっても春希の襲来は予想外だ。

さてどうしたものかと隣を見れば、春希と何とも言えない視線が絡まり苦笑い。

確かにいささか常識外れといえよう。

しかしバツの悪そうな春希の顔を見てみれば、驚かせたかったとか、何となくしてみたかったとか、そんな大した理由はないのだろう。春希にとって、いつものじゃれあいの延長に違いない。

それだけ気安く接してくれていると、頼ってくれてさえいるのだと思えて、口元が緩んでしまう。

「春希に合いカギ渡したからな。ほら、こっちは月野瀬と違ってカギを開けっぱなしにしていないだろう？」

「あー、確かに。それでかー。あたしもまだ慣れてなくて締め忘れちゃうことあるし」

「そ、それで納得するんだ……あはは……」

月野瀬のセキュリティー意識は田舎特有のガバガバなそれであり、旅行など長期で家を空ける時くらいしかカギをかける習慣がない。

ついでにいえばチャイムは鳴らさず、用事があるときは直接玄関を開けてから大声で家主を呼ぶ土地柄である。

「まぁ、それでも……んぐっ」

残っていたトーストを牛乳で一気に流し込んだ姫子は、ふぅ、と息を吐きながら再びジト目で隼人と春希をみやって肩をすくめた。

「まったく、おにぃとはるちゃん、昔から仲が良いんだから」

「「別にそういうわけじゃっ」」

「……ほら」

「「……」」

呆（あき）れたように投げつけられた言葉に、つい気恥ずかしさから声を重ねれば、姫子はやってられないとばかりにこれ見よがしに盛大なため息を吐いて席を立つ。

「はいはい、ごちそうさま」

あとに残されたのは気まずい空気。

そんな中、隼人は咎（とが）めるかのように春希を見やれば、バツの悪い顔でチロリとピンク色の舌を見せながらも、どこか機嫌よさそうな声を出す。

「あはは、一度さ、漫画やアニメのように幼馴染を起こしに行くとかベタなことやってみたかったんだよね」

「……今度からは俺だけにしといてくれ」

「ひめちゃんに怒られたくないしね」

「そう、だな」

　まるで反省していないかのような台詞と共に屈託なく笑いかけられれば、隼人の心臓は夢とは違った理由で騒めきだす。

　隼人は姫子に倣って様々なモノを口に詰め込みコーヒーと一緒に流し込めば、それでも残滓とも言えるものが零れ落ちる。

「………ずるぃな」

「ん？　何か言った？」

「いんや、何も」

　そして美味しそうにスクランブルエッグを口に運ぶ幼馴染の笑顔を見て、誤魔化し笑いを浮かべるのだった。

　朝食後、手早く準備を済ませた隼人は春希と姫子を連れ立ってマンションを後にした。

雲一つない東の空では、夏の太陽が朝から目一杯の自己主張をしており、一気に汗を噴き出させる。そして湿度をたっぷり含んだ熱気に纏わりつかれれば、気持ちも足取りも重くなるというもの。

しかしそんなことは関係ないとばかりに春希と、そして姫子のテンションは、夏の暑さに負けじと高かった。

「そうそうボクさ、おかげさまでダイエットに成功したんだよね。なんとピーク時から５キロも減った！」

「え、うそ、はるちゃんズルい！　あたしまだ３キロしかへってない、同じもの食べてるってのにぐぬぬ……あ、おにぃは？」

「知らねぇよ、というか俺は元からしてないから量ってすらいねぇよ」

どうやらダイエットに成功しているらしく、それも手伝っているのかもしれない。

姫子はその結果に少しばかり不満があるものの、春希も姫子も元の体重と比べると±１kgの範囲の様で、隼人としては以前とどこがどう違うのか見た目では全然わかりはしない。

返事もおざなりになってしまう。

しかしそんな隼人もまた、口元を緩ませていた。

（そういえば、３人で登校するのって初めてか）

　隣でダイエット中の苦労を振り返りながら騒ぐ妹と幼馴染を見て、そんなことを思う。

　こうして3人で歩くことは珍しいことではないが、朝の早くから制服に身を包み他愛のない話をしていると、少しだけ特別な感じがする。

「でね、せっかくダイエットも終わったんだからさ、何か甘いものをがっつり食べたいよね。もちろんリバウンドが怖いから、その辺は気を付けるとしてさ」

「あたしバスチー食べたい！　バスクチーズケーキ！　おにぃ、糖分控えめで作ってよ」

「って、作るの俺かよ」

「そりゃ、隼人だからね」

「おにぃだもんね」

「「ねー」」

「はぁ……」

　何にしても隼人にとって春希の機嫌がいいのは良いことだった。その秘密を知ってしまったから、なおさら。目尻も自然と下がる。

　だが同時に困ったこともあった。

　ダイエットの成功に浮かれているのか、テンションが高過ぎるのだ。

「あ、あたしこっちだ。それじゃ！」

「おぅ、居眠りするなよ」

「ひめちゃん、また後でねーっ！」

それは姫子と大通りで別れてからも持続しており、その後もいつもの調子で隼人に話しかけてくるのである。

「ねね、隼人ん家ってケーキ作る道具とかあったっけ？　材料とかもスーパーで揃う？　それとも専門の所に買いに行ったほうがいいかな？」

「春希、それはいいんだが、ええっと、その、な……？」

隼人は嬉々として話しかけてくる春希の話の腰を強引に折って、周りを見てみろと視線で促す。

学校も随分と近付いてきた通学路には、隼人や春希と同じ制服姿がチラホラと見られる。そして彼らからは一様に、ツチノコか何か珍しい、もしくはありえないものを目撃したかのような、驚く視線が向けられていた。

「あー……」

春希は今そのことに気付いたとばかりに、眉を寄せて隼人の顔色を窺う。

二階堂春希は人気者だ。

一緒に居るとついつい忘れがちになってしまうが、清楚可憐、文武両道、温厚でお淑やかな性格で誰にでも平等に接するがしかし、どこか一歩離れたところで楚々と嫋（たお）やかに微笑んでいる高嶺（たかね）の花。それが春希の演じる虚構の偶像、擬態である。

そんな彼女が1人の男子（隼人）へ誰も見たことのない笑顔を向けて、積極的に話しかけているのだ。

しかも今朝の隼人は、先日妹（姫子）に弄（いじ）られて整えられた姿ではない。寝癖もぴょんと撥（は）ねている。

周囲の興味を引かないはずがない。現に噂を囁（ささや）き合っている人もいた。

この種の好奇の視線に慣れていない隼人は、勘弁してくれとばかりにため息を吐く。

だけど色々と変わろうとしている春希を咎めるのは憚（はばか）られる。

「ほら、いきなり距離を詰めすぎると色々と困ることもあるだろ？　な、二階堂さん」

「……そう、だね」

春希はしゅんと残念そうに呟（つぶや）いて俯（うつむ）き、そして一歩距離を取る。

隼人はそんな春希の様子にチクリと胸が痛んでしまうが、こればかりはどうしようもない。

ガリガリと頭を掻（か）いた手をそのままじゃあなとばかりにひらりと振って、足早にその場を後にした。

隼人の後ろ姿を見送った春希は小さく呟く。

「そうだよね、まずは外堀から埋めていかなきゃだよね」

その顔は神妙で、しかし悪巧みをするかのような挑発的な笑みを浮かべていた。


昼休みになった。

教室はにわかに活気付き、それぞれが思い思いに動き出す。

いつもなら隼人も秘密基地に向かうところなのだが、今日はどうするのか判断しかねていた。

原因は春希である。

最近被っている猫が逃げ出すことも多く、妙に女子たちから親近感を覚えられている。

そんな春希が朝からどこか思案顔で、時折憂いの含んだため息を零せば、「どうしたの、二階堂さん？」「何かあったのなら相談にのるよ？」と心配半分、好奇心半分の声が掛けられていた。その中心にいるのは、森の幼馴染兼彼女の伊佐美恵麻だ。

『大丈夫です、なんでもありませんから』

しかしそれらに対する春希の返事はすべて、困った顔での誤魔化し笑い。

端から見ればそれはどう見ても悩める乙女の姿そのものなのだがしかし、その横顔を眺める隼人は妙な胸騒ぎしかしない。

改めて春希を見やる。

今も長い髪の毛先を無意識にくるくると弄りながら、熱いため息を零す。

そして時折ちらりと隼人の方に視線を向けており、視線が合えば困った笑いを作った。

それに気付いた目敏（めざと）い女子の何人かは、教室の隅で円陣を組んだりもしている。

（どうしたものかな……）

はぁ、と隼人もため息を吐きながらまごついていると、そこへ森がへらりとした笑顔でやってきた。

「よぉ霧島（きりしま）、珍しいな。今日はお昼どうするか決めていないのか？」

「森……そうだな、今日は弁当じゃないしどうしようか迷ってる。購買は出遅れたし、学食も今は混んでそうだし」

暗に、今日は昼食の調達があるから遅れると春希に向けた言葉でもあった。

その際にチラリと春希の方に向けた視線に鋭く気付いた森は、愉快そうに目を細める。

「それはそうと、今朝はずいぶん二階堂と仲良く一緒に歩いてたんだって？」

「っ⁉　あーいや、それは、だな……」

隼人は一瞬にして視線が集まるのを感じた。

今朝の件はまだ一部ではあるが、噂になっている。

そしてこの春希の態度だ。気にならないはずがない。

ましてやこの間の一輝の告白の時、春希を連れ出している姿も見られている。

必死になって頭を働かせる。何かしら皆が納得することを言わなければ、森でなくとも誰かの追及が続くことは想像に難くないだろう。

眉を寄せる春希と視線が絡まり、隼人はガリガリと頭を掻いてため息を零す。

「実は、だな……」

「……実は？」

「い、田舎で飼われてる犬の餌が、カモシカに取られない為の裏技を教えてたんだ」

「え、犬？　カモシカに餌……取られる……？」

「ぶふっ！　けほっ、けほけほけほ……くっ……うくくく……っ」

隼人の言い訳に、春希は思わず吹き出し机に突っ伏した。肩を震わせ必死になって笑いを堪えている。どうやら妙なツボに入ってしまったようだ。

周囲は一瞬にして唖然とした空気が流れる。

だが春希の姿を見るにつれ、徐々に納得したものへと染まっていく。

「そ、そうなのか、大変だな」

「あぁ、国の天然記念物で駆除することも出来ないしな。それに妙に人懐っこくて賢いやつで、畑は荒らさず飼い犬の餌ばかり狙うんだ」

そして隼人の話は別の意味で皆の興味を引いた。

面白おかしく月野瀬でも笑い話になっているエピソードを話せば、彼らの興味もそちらの方へ注がれる。そして春希も、依然と笑いを堪えていた。

(……なんとか誤魔化せたか？)

隼人が内心ホッとしていると、最近この教室でも見慣れつつある顔がやって来た。

「随分と面白そうな話をしているね、隼人くん」

「一輝……別に、ただの田舎あるあるな話なだけさ」

「だからこそ面白いんだけどね。そう思わない、二階堂さん？」

「むっ！」

一輝はにこにことこいつもの人懐っこそうな笑みを浮かべ、隼人の傍へとやってくる。

すると春希はがばっと顔を上げ身構えた。

教室中の興味が集まる。

「私は別に……それより海童くんは何しに来たのでしょう？」

「二階堂さんに会いに、じゃダメかな？」

「私から話すことは何もありませんので、どうぞお引き取りを」

「残念、またフラれてしまった。どうしたものかな、隼人くん」

「……知らねぇよ」

春希がにっこり笑顔ですげなく一輝を袖にすれば、一輝は残念そうな顔で苦笑い。

そして一輝はどうしたものかといった様子で、ポンと隼人の肩を叩いてくる。

隼人もそれを自然と受け入れていた。春希の頬が引き攣る。

先日までとは明らかに、隼人と一輝の距離が近い。

その変化をつぶさに嗅ぎ取った森が、興味津々といった瞳で話しかけてくる。

「『隼人くん』に『一輝』、ね……いつの間にそんなに仲良くなったんだ、お前ら？」

「ははっ、この間ちょっとね。一緒に遊んだ時、僕のピンチを颯爽と救ってくれてそれで？」

「なんだそれ？　ちょっと想像できないな」

「なかなかにカッコ良かったよ」

「……別に、俺は何もしてねぇし、そうでもねぇよ」

隼人はしかめっ面で答えるものの、一輝はにこにこと機嫌が良さそうだった。随分と心を許している様が分かる。もし一輝が犬なら緩く尻尾を振っていることだろう。それだけ隼人に懐いていた。

そして女子の一部ではキャーと腐──芳醇な香りを放つ声も上がっている。

だがそれを良しとしない者も居た。

「海童、少しばかり仲良くなったからといって急に距離を詰めすぎると、隼人くんが困ってしまいますよ？　ね？」

「えっ、……あぁ、二階堂、さん……？」

春希はにこにこと貼り付けたような笑みを浮かべたまま、隼人と一輝の間に身を滑らせる。流れるような動作だった。

そして春希と一輝の視線がぶつかり合う。

どこか威嚇するようなにこにこ笑顔の春希と、この状況が愉快でたまらなそうな笑みの一輝。

噂の渦中でもある2人が作り出す剣呑な空気に、周囲は飲み込まれていく。

「そんなに近いかな？　友達ならこんなものじゃない？」

「節度があると思います。ほら、隼人くんもびっくりしていますよ。ね？」

「え？　あ、いや別に俺は……」

「ははっ、二階堂さんも仲良くなりたいなら、もっと素直に──」

「海童ーっ！」

「——ぁ痛っ！」

そんな中、春希がふくれっ面になったかと思えば一輝の脛(すね)を思いっきり蹴飛(けと)ばした。

まるで癇癪(かんしゃく)を起こした子供そのものだ。周囲の皆もぽかんと口を開けている。

だというのに一輝はより一層口元を緩ませていく。

春希はそんな一輝が気に入らないのか、ぷいっとばかりに唇を尖(とが)らせそっぽを向く。

そんな春希と目があえば、隼人は痛む額に手を当てた。呆(あき)れた想いがため息となって口から飛び出す。

「一輝、お前やっぱバカだろ……それに二階ど——」

「春希」

「二階……」

「はーるーきー！」

「はるき、さん……」

「ん、よろしい」

そうやって春希が駄々をこねるかのような態度を取れば、この一連のあまりに情報量の多いやり取りに、森をはじめ周囲は置いてけぼりになって呆然(ぼうぜん)とするしかない。

「え、どういうこと……？」

「あれ、確か海童くんと二階堂さんの関係って……」

「そういや霧島くん、この間二階堂さんを連れて飛び出していかなかった？」

あちらこちらから色んな不穏な憶測が飛び交い始める。

そこでようやく春希は自分がしでかしたことに気付き、「みゃっ」と驚きの声を上げそうになり必死になって呑み込む。

一輝は肩をすくめ苦笑い。

そして隼人も額に手を当てつつ席を立ち、春希の耳元で「バァカ」と言いつつ教室を後にした。

旧校舎の一室。

教室の騒ぎからの避難場所。

隼人と春希、2人だけの秘密基地。

そこに2つのため息が重なる。

「何やってんだよ、春希」

「だ、だってぇ……」

その後、隼人と春希はタイミングをずらしてここで落ち合った。

隼人は購買で買ったコッペパン、春希はコンビニで買ってきたおにぎりを食みながら話題にするのは、もちろん先ほどの教室でのこと。

きっとあの夜の宣言通り、春希なりの努力なのだろう。

しゅんとした様子を見れば、どうやらやり過ぎたという自覚はあるようだ。

そしてぽつりと呟く。

「……海童は」

「一輝？」

「なんかさー、すんなりと昔のボクが居たような場所に収まってるよね……」

「別に普通、というか今の春希が昔みたいに近かったら問題だろ」

「むぅ……」

どうやら先ほどの一輝がお気に召さなかったらしい。

ちらりと隣の春希を見る。

ぺたんとクッションの上で珍しく女の子座りをしながら俯く様は、とても可憐で可愛らしい。

かつてとは違う零れるようなサラサラで艶のある長い髪に、ほっそりとした身体を包む夏の制服から伸びるスラリとした手足、そして少しばかりいじけたように尖らせているぷっくりとした唇で、おにぎりの残りを一気に頬張る。

ごくりと喉を鳴らす。

いつもの調子ならばともかく、こんな風に殊勝な態度を取られれば、どうしたって異性だということを強く意識してしまう。

すると途端に、誰も居ない部屋で2人っきりだという状況が、酷く胸を騒めかせて落ち着かない。

そのくせどうしてか春希の方へと手が伸びていることに気付き、慌てて何かを誤魔化すかのようにガリガリと頭を掻く。

「春希はさ、その、女の子、だからな」

「……隼人？」

「あーいや、昔と違って色々と気にしなきゃいけないこととか、あるだろ？」

「…………そう、だね。難しいね」

「…………そう、だな。難しいな」

そう言って春希はぐーっと両手を上げて伸びをして、壁に寄りかかり窓から外を見上げた。

何ともいえない重い空気が流れる。

遮る雲もない蒼穹で太陽は燦々と輝き、秘密基地の影を色濃く落とす。

「女子、かぁ……よくわかんないや。ボク、こっちじゃ誰かとロクに関わって来なかったし。隼人、わかる？」

「月野瀬がどんな田舎か知ってるだろ？　同世代は姫子の友達が1人いたくらいだ」

「えーっと確か神社の子だっけ？　大人しくて礼儀正しくてお人形さんって感じの女の子」

「姫子とはよく喋ってたけど、俺が挨拶したり話しかけたりするとよく逃げられたっけ」

「え、逃げられるって……隼人、一体何しでかしたのさ？　あ、もしかしてドヤ顔で捕まえたミヤマでも見せに行ったりした？」

「春希じゃあるまいし、普通の女子はミヤマなんて興味ねぇよ！」

「あの独特の頭部のフォルムの良さがわからないなんて、世の女子は人生の7割は損をしているよね！」

「んなわけあるか！」

「あはは！」

しかしかつてのことに想いを馳せて話をすれば笑いが広がり、たちまち神妙な空気は霧散していく。

隼人がそのことにふぅっと安堵の息を零せば、春希がいつもの悪戯っぽい笑みを浮かべて顔を寄せてきた。

「せっかくの女の子に嫌われちゃって残念だったね」

「べ、別にそれは……その、ちょっと苦手と思われてるかもだけど、ダイエットのレシピとか教えてくれたし、嫌われてたらそれすらないだろうから」

「え、あれってそうだったんだ」

「まぁ姫子が絡んでたからかもだが……あ、でもそういや今年の神楽舞の衣装姿の画像も送ってきてくれてたな」

「神楽舞？」

「夏祭りの……って、ほらこれ」

「っ！　…………これって」

隼人が見せてきたスマホの画面を覗き込んだ春希は小さく息を呑み、固まった。

「豪華で綺麗だろ、それだけじゃないんだぜ……って悪ぃ、春希って夏祭りは……」

「へっ⁉　あ、うん、違うよ。ちょっと驚いちゃってさ」

「驚く？」

「この子さ、こんな顔で笑――」

驚愕もしくは戸惑い、そんな声を漏らす春希。

隼人が不思議そうに春希の顔を覗き込もうとすれば丁度その時、キンコンと午後の授業を告げる予鈴が鳴り響く。

「――あ、戻ろっか」

「……あぁ」

そして曖昧な笑みを浮かべる春希と共に、秘密基地を後にした。

その後教室に戻った春希は、昼休みの一件をずっと追及されることになっていた。

ひっきりなしに女子に囲まれ質問攻めにあい、男子からは何かの間違いであってくれと願う悲嘆にも似た視線を向けられている。

隼人はその様子を、眉をひそめながら眺めていた。

男子の視線が隣の席の隼人を捉えるや否や、たちまち突き刺さるようなものへと変化すれば、あまりにも見事な手のひら返しに色んな意味を含んだため息を漏らす。

春希に対する女子のそれは、追及というよりも質問するたびに慌てふためきもじもじと赤くなる反応を楽しんでいるというのに近い。

マスコットを弄るかのような微笑ましいものともいえる。

しかし決して春希を逃さないとする様を、とある男子が「高校生にもなってかごめかごめを目にするとは思わなかった」と評すれば、思わず隼人も噴き出してしまった。

「わ、私、用事がアレのそれで早いですからっ！」

放課後になるとすぐに、春希は慌てて教室を飛び出して行った。

さすがに質問攻めで弄られて、へとへとになってしまったらしい。

隼人は脱兎のごとく教室を逃げ去る後ろ姿を見送りながら、やれやれといった様子で鞄を引っ掴み、キーホルダーの付いていない家の鍵を手のひらで転がす。念のため家に置いていた大本の鍵だ。

（……ったく、自業自得だ、バカ）

悪態を吐いた言葉を口の中で転がすも、皆に好意的な笑顔を向けられてたじろぐ春希の姿を思い出せば、自然とくつくつと喉が鳴る。

「よっ、今日はもう帰るのか？」

「森か。夕飯の買い物以外でも寄るところがあるからな」

「そうかー、借りを返してもらおうと思ったのになー」

「……あー、貸しにしといてくれ」

「おう、楽しみにしとくぜ」

森の何の気なしに言った借りという言葉に隼人は一瞬顔をしかめるも、すぐさま今日お昼以降世話になったことを思い返し、軽く頭を振って苦笑をこぼす。そしてひらりと手を振り教室を後にした。

今日、隼人の方に男女問わず春希並みの追及がこなかったのは、ひとえに森と一輝のおかげであった。

森がそれとなく皆の気になりそうなことを答えやすく質問し、そして一輝が先日一緒に遊んで仲良くなったことを話せば皆の興味もそちらに移る。話題は春希とのことよりも、隼人の抑揚のない一本調子の歌声についてで盛り上がり、披露する羽目にもなった。違った意味で大いに弄られることになったのだが、これは確かに2人への大きな貸しだろう。

隼人はそんなことを考えながら駅前を目指す。引っ越してきてすぐに利用したカギ屋があるのだ。

「あれ、隼人くんはもう帰ったのか……」

隼人と入れ違うようにして、一輝が教室へと訪ねてきた。

きょろきょろと周囲を見回すも目当ての人物は見つけられず少し困った顔をする。

それを見とめた森が、どうしたとばかりにひらりと手を振った。

「何でも用事があるんだとさ。それよりも放課後に珍しいな、部活はどうしたんだ？」

「さすがにテスト期間前はね……そうか、隼人くんはいないのか……」

「……一輝？」

　奥歯に物が挟まったかのような様子の一輝に、森は訝し気な目を向ける。

　それを受けた一輝は気まずそうに肩をすくめ、そして視線を女子達のグループで談笑している伊佐美恵麻の方に向けた。

「ま、時間の問題か」

　一輝はどういう意味か分からないといった感じの森を手招きし、周囲に見えないようこっそりとスマホの画面を見せる。

　それをみた森は目を見開き、そして乾いた笑いをこぼす。

「これは……ははっ」

「まぁその、中学生の妹がいる鳥飼さんって子から回ってきたものでね」

　そこに映し出されていたのは、映画館前でいつもと違う格好をした隼人が姫子に詰め寄られ怒られている写真。

　怒られてはいるものの、姫子の顔は拗ねているといった方がいい表情で、隼人も宥めすかしている。

明らかに仲の良さがわかるものだ。そして姫子の姿はよく春希が周囲に見せていたりもしていた。

これがどうなるかはわからない。

森は同じく苦笑している一輝と顔を見合わせ、そして互いに肩をすくめるのだった。

放課後、春希は逃げ出すように教室を後にした。

人目を避ければ、自然と校舎裏手にある花壇へと足が向く。

その途中、ぴょこぴょこと動く特徴的な癖っ毛を見つければ、たちまち相好を崩し駆け寄った。

「おーい、みなもちゃん、花壇に行くの？」

「あ、春希さん。ええ、草むしりをしようかと」

「ボクも手伝うよ」

「はい、お願いしますね」

みなもが良い子の仮面（猫）を脱いだ春希にふにゃりと笑い、そして「日焼けしますよ」と麦わら帽子を差し出せば、春希は「ボクも自分の分、買った方がいいかな」と応え、互いに笑みを零した。

この時期、油断するとすぐに雑草が繁茂する。

しかし普段から小まめに手入れされていることもあり、さほど手間もかからない。

そしてついでとばかりに頃合いのトマトの収穫にかかる。

「そういやいつもナスとかは朝に穫るのに、トマトは夕方に穫るよね？」

「どうも光合成の関係のようですね」

「二酸化炭素を吸って酸素にする、あの光合成？」

「はい。その時水分と肥料をもとにでんぷんとか糖分を作り出すので、甘いものが収穫できる、らしいです。逆に朝穫れるものは瑞々しいものになりますね」

「へぇ、そんな理由があるんだ……理由、かぁ」

みなもは春希の質問に、いつも持っている手帳をパラパラと開きながら答える。

するとふと、なんてことない風を装いつつちょきんと剪定ばさみでトマトを収穫している春希の声に、悩みの色が滲んでいることに気付く。

つい先日、おいそれと誰にでも言えることではない秘密を教えてもらったばかりだ。

逡巡するも一瞬、みなもはよしっと胸で拳を作って、春希の傍に行き顔を覗き込む。

「何かお悩みですか？」

「へ？　あーうん……悩み、なのかなぁ？」

「霧島さんのことですか？」

「あ、あはは、それとはちょっと違うというか、何というか……」

「そうですか……」

春希としても何と言っていいかよくわからないものがあった。

お互い眉をひそめ、困った顔で苦笑を零す。

せっかく相談に乗ってくれようと話しかけてくれたみなもに少し申し訳なさを感じつつ、こういうところこそが彼女が良い子だなぁと思うところでもある。

そして春希が視線を落とせば、体操着の胸部を押し上げる豊かなものが目に入った。

ぎゅっと脇を締めた体勢なので、その大きさがよく強調されている。

大きく目を見開く。

（でっっか！）

そして思わず自分のものと見比べ、先日みなもの家で体操着を借りた時、やけに胸周りに余裕があったことを思い出す。

みなもがう～んと小首を傾げ指先を顎(あご)へと移動させれば、その際に胸元の大きなものがぽよんと柔らかそうに揺れ、あの中身はどうなってんの？　お風呂(ふろ)に浮いちゃう？　っていうか自分のものとホントに同一⁉　といった疑問が沸き起こり顔に表れてしまう。

圧巻だった。

みなもの体軀(たいく)が小柄だということも相まって、そのアンバランスさが際立っている。

色んな意味で目が離せない。

「……春希さん？」

しかしみなもが神妙な顔になっている春希を心配そうにのぞき込めば、慌てて首を振って言葉を探す。

「っ⁉　あ、いやその女子力について少し思うところがありましてっ」

「女子力、ですか？」

「その、なんていうかボクさ、素の部分はあまり女の子らしいとは言えないというか……ちょ、笑わないでよ、みなもちゃん！」

「くすっ、いえその高嶺(たかね)の花だとか噂されている春希さんが、女子力で悩んでるっていうのがなんだか可笑(おか)しくて」

「あんなの表面だけ取り繕ってるだけだってのに……あ、そっか。あの子、本当に素敵な顔で笑ってたから気になっちゃったんだ……」

ふと、先ほど隼人に見せられた巫女(みこ)装束の女の子を思い浮かべた。

春希が見たことのない種類の笑みを浮かべていたのが、目に焼き付いている。

どうしてかすごく気に掛かると共に、知りたいとも思ってしまう。

その様子を見ていたみなもは、ぽんっと両手を合わせにっこりと微笑む。

「その方とまずはお話ししてみたらどうでしょう？」

「お話？」

「お話ししたからこそ、私も春希さんのこと、色々知れましたからね」

「みなもちゃん……うん、そうかも。でも、どうやって——」

春希はそこまで言葉を口にして、ふと幼い頃、膝(ひざ)を抱えていた自分を強引に連れ出したはやとのことを思い出す。

細かいことを考えず、体当たりしてきた大切な人のことを。

くすりと笑う。

「そうだね、どうやって切っ掛けを作ればいいか相談に乗ってくれるかな、みなもちゃん」

「はいっ、任せてください！」

そして2人は笑い合う。


「春希さん……？」

ジリジリと照り付ける太陽に負けじと、相談に熱が入っていくのだった。

隼人が家に帰ってきたのは、いつもよりかなり遅かった。

下校時刻はとっくに過ぎている頃合いだが、しかし夏の太陽はまだ高く、西の空もまだもう少しだけ青い。

「ただいま」

「んー、おかえりおにぃ。今日は遅かったねー」

「自分の分のカギを作り直してきた。それに夕飯の買い物もしてきたからな」

「ふーん」

家のリビングでは姫子が出迎えてくれたが、隼人の方に顔を向けることもなく返事も投げやりだ。その視線と意識はテレビ画面の方に釘付けになっている。

映し出されているのは先日映画を見に行った作品のアニメシリーズ。きっと春希から借りたのだろう。

「……ほどほどにな」

「わかってるって」

隼人はそんな受験生であるはずの妹の様子に呆れながらも、キッチンへ食材を下ろす。

（ったく、春希のやつは……）

昼休みのことといい、1つ文句を言ってやろうと思いながら鞄と共に自分の部屋へと向かう。

「……え？」

「〜〜っ⁉」

そしてドアを開けた瞬間、驚き固まってしまった。

どういうわけだか目の前には、制服のブラウスを脱ぎ掛けている春希の姿。

袖の片方は既に脱いでしまっており、半裸の状態。

思わずごくりと喉を鳴らす。

透き通るような白く滑らかな肌、鎖骨、腰のくびれ、へそといった、普段は隠されている部分は、この年頃の少女特有の蕾のごとき未成熟で危うい美しさを描いている。

そして春希の平均より少しだけつつましい膨らみを包みこむ、先日とは違うオフホワイトのフリルをあしらった清楚で可愛らしいものが目に飛び込んでくれば、目を離せなくなるのは隼人でなくても当然のことだろう。

一瞬の静寂の後、思考が再起動していくにつれ互いの顔が赤くなっていく。

「ご、ごめんっ！」

隼人は慌てて扉を閉めて、そちらを見てはいけないとばかりに背を向けた。

心臓はバクバクと扉越しに春希に聞こえてしまうんじゃないかというほど早鐘を打ち、やけに敏感になってしまった耳は衣擦れの音を明確に捉える。

脳裏には扉を閉める際に見えた、胸元へブラウスを手繰り寄せて己の身を隠そうと恥じらう春希の姿が、焼き付いて離れてくれない。

（なんだ、これ……）

わけがわからなかった。

一体どうして？　ここで何を？　そんな疑問が沸き起こる。

だがそれ以上に春希の均整の取れた肢体に、これでもかと異性を感じてしまい戸惑ってしまっている。当分は脳裏に焼き付いて離れないだろう。

そしてしばらくして扉が開き、春希は決まりが悪そうな顔を覗かせた。

「み、見苦しいものをお見せしました……」

「いや、べつに……着替えてたのか？」

「うんほら、制服ってなんか堅苦しいしさ、それになんか暑いでしょ？」

そういって春希はくるりと回る。

いつもの制服から、裾に花をあしらったノースリーブのチュニックにふわりとしたミニスカートといった姿へと変わっている。

部屋着の様だが、ちょっとそのへんに買い物に出かけるには十分な、カジュアルでさりげなく可愛さのある格好だ。

先ほどの光景もあって、余計に隼人は異性を意識してしまい、そっと目を逸らす。続く言葉がぶっきらぼうになってしまうのを自覚する。

「それはわかるが……何で俺の部屋なんだよ」

「ひめちゃんの部屋だと服とか交ざっちゃうと困るかなぁって……あ、いくつか置かせてもらったよ」

「……俺の許可は無しかよ」

「ふひひ。あ、気になるなら隼人も着てみてもいいよ？　最近気付いたけどさ、女の子してみるのも案外楽しいもんだ」

「しねーよ、ていうか入らねーよ」

「隼人ってば随分大きくなっちゃったもんねー」

そういって春希は屈託のない笑顔を見せて、つま先立ちになり自分と隼人の背を比べるように手のひらをかざす。

隼人はそのいつもと変わらぬ言動に、自分だけが翻弄されてしまっているかのように感じてしまい、どうにも居心地が悪い。

だからそれは、妙な対抗意識だった。

普段なら絶対口にはしなかっただろう。

「で、今日はこないだと違って随分可愛らしいものを付けてたんだな」

「〜〜っ⁉」

話題を掘り返された春希の顔は一瞬にして赤く染まり、驚き固まる。その目は大きく見開かれている。

意趣返しに成功した隼人は、してやったりとほくそ笑むが、春希からの返事は予想外の言葉だった。

「……変、かな？」

「っ！？？！？」

そして不安そうな色を顔に滲ませ上目遣いで問われれば、逆に隼人の方が狼狽えてしまう。

「あーいや、そ、そんなことないぞ……似合ってる、と思う」

「そっかぁ……えとね、前の映画の時のと、ボクにはどっちが合ってるかな……？」

「ばっ……その、それはその、どっちもアレだよ、アレ」

「あ、アレかぁ……その、アレと今のコレ、どっちが好み……？」

「は、春希……っ⁉　いや、それは、ええっと……」

　隼人は必死に元の状態へ戻そうとするも、どうもうまくいかない。目も合わせられない。どこかもどかしい空気に飲み込まれていく。

　こんなのらしくないと思う。

　だというのに、こういうのも悪くないなと感じてしまうほど、隼人の何かが自覚無く重症だった。

「おにぃ、お腹空いたーって、２人とも何やってんの？」

「「っ⁉」」

　突如、その空気もアニメに一区切りがついた姫子によって破られる。

　隼人と春希は慌てて距離を取り挙動不審になってしまうがそれも一瞬、どうしようかと顔を見合わせ頷きあう。

「ゆ、夕飯何にしようかって話しててさ」

「そ、そうそう、ダイエットは終わったけどリバウンドも怖いしねって……ひめちゃん、何かリクエストある？」

「あたしはお肉がいいですっ！」

それは隼人と春希だからこそ為せる意思疎通だった。

そして姫子は単純だった。

胸を撫で下ろす。

るんるん気分で再びアニメの続きへ向かおうとした姫子の背中に、ふと春希が思い出したかのように「あ！」と大きな声を上げた。

「待って、ひめちゃん！」

「どうしたの、はるちゃん？」

「実はちょっとお願いがあるんだけどさ――」

姫子はその春希の意外なお願いに、目をぱちくりさせて「まぁいいけど」と頷いた。

幕間

想う先は遥か遠く、置き去りの

月野瀬(つきのせ)の夜は、都会と比べると随分と違う貌(かお)をしている。

街灯にカブトムシが群がり、アオバズクとカエルの合唱が聞こえ、民家から灯(あか)りが消えるのも早い。

しかし山の中腹にある神社に居を構える村尾(むらお)家の一室は、部屋主が今年受験を控えているということもあって、まだまだ消される気配はない。

部屋の主――沙紀(さき)は美しく、そして神秘的とも言える少女だった。

幼さがまだ残るものの、整った顔立ちに日本人離れした色素の薄い白い肌と２つに結わえておさげにした亜麻色の髪、そして寝巻代わりの浴衣(ゆかた)が彼女の幽玄的で儚(はかな)くもある美しさを演出している。

沙紀は受験生らしく自室の机の上にノートを広げ、唸(うな)り声を上げていた。

そこにはいくつも引かれた訂正線や注釈の赤文字が躍っており、いかに難問なのかを物語っている。

『盛夏の候、隼人さんにおかれましてはますますご健勝のこととお慶び申し上げます。

先日お送り致しましたダイエットレシピの件、その後いかがでしょうか？

もし問題や追加の必要があるようならお申し付けください。

いくつか目星をつけて用意しているものがあります。

乱筆乱文失礼しました。

村尾沙紀』

それは隼人に送ろうとしているメッセージの下書きだった。

使い慣れない言葉の注釈や意味を調べるために、何度も辞書を引いたり検索をして作り上げた力作だ。

しかし悲しいかなまるでビジネス文書じみており、少なくとも女子中学生が親友の兄へ送るものとは間違っても言えやしない。

「一体メッセージってどうやって書けばいいの〜っ⁉」

沙紀は嘆きながらぐったりと机の上に伸びて涙ぐむ。

ダイエットレシピと自撮りの画像を送ってからずっと、沙紀は何度も隼人にメッセージを送ろうとしては消すというのを繰り返していた。

せっかく連絡先を交換したにもかかわらず、何も話せていないのだ。

月野瀬に居た頃も、沙紀と隼人にはあまり接点がなかった。

特に同じ趣味があるというわけでもなく、せいぜい共通の話題になりそうなのは姫子くらいである。

その姫子も現在は物理的に距離が離れているということもあって、何か話すようなことが起きるわけではない。

ふらりと席を立った沙紀は、ポスンとベッドに倒れ込み、ごろりと寝転がった。

「私、ダメだなぁ……」

あの日。

世界が色付いた日。

あの時からずっと、沙紀の心の大事なところには隼人がいる。

特別な存在だった。

でも何もできなかった。

意識すればするほど頭の中が真っ白になって、挨拶すらまともにできやしない。

直接顔を見ないメッセージならばと思うものの、先日の自分がやらかしたことを思い出せば、たちまちにその色素の薄い耳までもが真っ赤に染まっていく。

「ううぅ〜、なんであんなことしちゃったんだろぅ……」

先日やらかしたことを思い出す。

発端は急な親友からのメッセージだった。

『なんかさー、おにぃが沙紀ちゃんの連絡先知りたがってるんだけど、どうさー？　一応アドレスだけ教えとくから、嫌ならスルーしちゃって』

このまま疎遠になってか細い繋がりが消えていくのを待つばかりだったということもあり、渡りに船と感じると共に舞い上がってしまったのだ。

あの時も必死にレシピを調べ、しかし素っ気ない文面に顔をしかめていたのを覚えている。

何かの切っ掛けにしたかった。

深夜のテンションも手伝い、その結果ノリノリで自撮りした画像を送ってしまったのだ。

はぁ、とため息を1つ。

スマホを弄り、とある画像を見て眉を寄せる。

「可愛らしい人だなぁ……」

そこに映るのは春希の姿。

姫子と一緒に服を選んで試着していたり、カラオケで皆とハニートーストを囲んでいたり、大きな猫のぬいぐるみを抱える隼人を揶揄(からか)っていたり……そのどれもが快活で、そして月野瀬で見掛けていた時と変わらない屈託のない笑顔を見せている。

7年も離れていたというのに、かつてと変わらず隼人の隣で笑っている。

それが、

とても、

羨(うらや)ましかった。

2人の表情を見るに、まだ特別な関係には至っていないだろう。

だけど沙紀は、それまで当然だと思っていた日常が、急に壊れてしまうのを知ってしまった。

いつかきっとと願いながら、月野瀬(すぐ傍)から居なくなってしまった。

来年進学に伴い月野瀬を出ることを認められているものの、半年の時間が沙紀を焦らせる。

「1年早く生まれたかったたなぁ……」

そのどうしようもない現実に恨みごとめいた言葉を零(こぼ)し、寝返りを打って大の字になると、浴衣の裾(すそ)がはだけ、2つに結われた亜麻色の髪がハラリと広がる。

窓から外を見上げれば、月が丁度雲に隠され闇が色濃く広がり、沙紀の顔にも暗い影を落とす。

「うん……んん?」

その時スマホが通知を告げる。姫子からだった。

『ここによろ』

という簡素なメッセージと共にあったのは、月野瀬というタイトルが躍るチャットグループへの招待。

一瞬どういうことかと戸惑う。相手は姫子である。

しかしそこの参加者に霧島隼人という文字を見つけるや否や、沙紀は驚き息を呑みつつも、すかさずその場に正座になって画面をタップした。

『てすと。霧島隼人です。これでいいのか?』

そして丁度そんな文字が書き込まれたのが目に飛び込んでくれば、ドキリと胸が跳ねる。

どういう状況なのかよくわからない。

しかし沙紀はそわそわしながらも、逸るようなもどかしい気持ちを抑えながら文字を打ち込んでいく。

『村尾沙紀です。大丈夫です、ちゃんと出来ていますよ』

『あ、村尾さん。よかった、こういうの初めてで』

『私も似たようなものです。姫ちゃんくらいしか相手がいませんでしたし』

『そっか。でも急なことで驚いたと思う。俺も今、姫子に教えてもらいながら、アプリダウンロードしたばかり……って、姫子のやつ遅いな？』

『姫ちゃん、たまに他に面白いものを見つけて意識が逸(そ)れることがありますから……』

『ったく、あいつは……確かにこの間も勉強中、目を離している隙にゲームしてたな』

『ふふっ、姫ちゃんらしいです』

他愛のない会話だった。

だが沙紀にとって初めて隼人と交わす、なんてことのない会話だった。

（う、うわぁうわぁ、お兄さんとふつーにお話ししちゃってる!?　へ、変なこと言ってないよね？　誤字とかも大丈夫だよね!?）

先ほどから沙紀の心臓はけたたましく鳴り響いており、肩どころか全身をガチガチにしてしまっていた。

どういうこと？　姫ちゃん早く来て説明して！　そんな思いがある一方で、せっかくだからもっと2人で話をしていたい！　という矛盾した思いもあり、緊張、驚愕(きょうがく)、羞恥(しゅうち)、歓喜といった感情が胸の中でぐるぐると渦巻き、目を回しそうになってしまう。

だけど、決してイヤではない。

そんな自分に可笑しさすら感じていると、見慣れた顔のアイコンが飛び込んできた。

『はー、やっとアイコン決まった！　どうよ⁉』

『あはは、姫ちゃんばっちりメイク決めてるね。それ自撮り？』

『姫子……なんか部屋でごそごそしていると思ったら……そういや村尾さんのアイコンはどこかで見たような……？』

『あ、これ、うちの神社で売ってるお稲荷さんのお守りです』

『なるほど、どこかで見た気がしたんだ。こうしてみると愛嬌があって可愛いな、それ』

『……そうですか』

『あー沙紀ちゃんのそれ可愛いよね。ていうかおにぃ、アイコンの設定何もしてないじゃん、さっぷーけーだよ、さっぷーけー』

『と言われてもな……』

沙紀はこれ以上なくご機嫌になっていた。

（可愛い可愛い、愛嬌があって可愛いだって！　きゃ～っ！）

自分ではなくアイコンのことではあるものの、それでも可愛いと言われれば頭の中はそれ一色になってしまう。

ベッドの上でごろごろ転がり足をバタバタさせ、何度も該当箇所を読み直す。

自然と目元はにやけてしまい、にゅふふと口元も緩む。

その後も会話はどんどんと続いていく。

今この時も姫子が『おにぃらしいアイコンって言えばこれだよね』と宴会料理のような画像を流しており、それに沙紀が『おいしそうですね』と反応すれば、隼人が『これはだな』と嬉々としてレシピについて語る。

あぁ、何てことのない会話だ。しかしごく自然な流れの会話だった。それは姫子の参入によって、より滑らかなものへと変化していく。

これこそ沙紀が、長年焦がれたものでもあった。

（よ、よぉし！　よくわかんないけど、これを機にどんどんお兄さんとお話しして……え？）

しかし突如、それまで忙しなく動いていた沙紀の指先が止まる。

目の前に飛び込んできたのは、料理をする隼人の画像。

その横顔は鼻歌を歌い出しそうなほど上機嫌で、その眼差しは食べさせる人を思っているのかひどく優しい。

そんな姿を不意打ち気味に見せられれば、沙紀の胸は驚きと共にキュンとばかりに締め付けられてしまう。

『やぁやぁ、面白い話をしているみたいだけど、隼人と言えばこれでしょー』

そして画像の下にそんな言葉と共にゲームのキャラっぽいアイコンと『†春希†』という文字が目に入れば、沙紀の胸の高鳴りは質を変えて加速し、嫌な汗が背筋を伝う。

『春希、いつの間にこんなもの撮ったんだよ』

『あーでもわかる、おにぃといったらご飯だもんね』

『世話焼き顔してたからさ、つい魔が差して撮った！』

『ったく……』

『で、はるちゃんこのアイコン何？　妖精っぽいけど、何かのアニメかゲーム？』

『この子はタンタカたん。ボクのやってるネトゲの自キャラだよー』

画面では隼人の話題を軸にして盛り上がっていく。

しかし沙紀は困惑から眺めていることしかできない。

（え？　え？　春希、さん……⁉）

チャットグループ名を見直せば『月野瀬』という文字。

確かに、と納得するところがあるものの、しかし沙紀にとってやはり予想外だった。

沙紀のアイコンを置き去りにして、隼人、姫子、†春希†のアイコンが躍れば、スマホを持つ手が震えてしまう。

『沙紀ちゃん、でいいのかな？　ええっと、月野瀬ではほとんどしゃべったことなかったし、改めて初めまして、かな？』

『あ、はい。こちらこそ初めまして、です』

『それからその、ええっとその、参加してくれてありがと』

『ふぇ⁉　わ、私はただ……姫ちゃん？』

『そうそう、はるちゃんが沙紀ちゃんも含めて月野瀬の皆のグルチャ作りたいんだって。もう作っちゃったけど、いいよね？』

『姫子……何も説明してなかったのか』

少し気まずさを含んだ、呆(あき)れたような空気が流れると共に、沙紀は状況を理解する。

どうやら春希が沙紀と話したくて、このグループを作ったらしい。

なぜ？　どうして？

余計にわけが分からない。

だが沙紀が目をぐるぐると回している間もチャットは続いている。

『ええっとほら隼人、昼間見せてもらった画像出してよ』

『あぁ、これか？』

『わぁ！』

「っ⁉」

沙紀は思わず息を吞み、固まってしまった。

画面に流されたのは祭りの衣装を着た沙紀の姿。先日深夜テンションでポーズなり表情を作った自撮りの画像だ。

いきなりそんなものを見せられれば、今度はボンとばかりに一気に頭の先まで羞恥で赤くなってしまう。

しかもそれを見ているのは春希と姫子である。

春希は同性から見てもため息が出てしまうほどの美少女であり、姫子も親友ながらスタイルが良く、10人中10人が振り返るほどの可愛らしさだ。

そんな2人の前にノリノリの自分の姿を晒されたら、拷問さながらに感じるのも無理はない。思わず涙ぐむ。

『沙紀ちゃんって、すっっっごく綺麗だよね！』

だから沙紀は、春希からの賞賛の言葉を理解するのに時間がかかってしまった。

思わず現実で「ふぇ？」と変な声が漏れる。

『この髪って地毛だよね⁉　肌も白っ！　うわぁうわぁ、衣装も幻想的でゲームみたいに可愛いし、いいないいなー羨ましいなー……あと胸も結構あるし……』

『沙紀ちゃんは衣装だけじゃなくて、舞の方も素敵なんだから！』

『い、いやその、別に大した……』

『謙遜することないぞ。村尾さんの舞は俺も毎年楽しみにしているし。今年の夏も見に行きたいな』

沙紀はビックリしてしまっていた。

「あうぅ……」

隼人からの賞賛の言葉だけじゃない。春希からも可愛いだの姿勢が綺麗だの巫女服ってどんな感じなのだとか矢継ぎ早に自分に興味を、しかも好意的に尋ねられれば悪い感情を持てという方が難しい。

そもそも人見知りの激しい姫子が懐いている相手なのだ。きっと良い人なのだろう。

『ねね、沙紀ちゃん、袴ってどうやってつけるの？　難しい？　巫女服いいなぁ、女の子っぽくて。ボク、最近そういうのに興味出てきてさー』

『あ、あたしもー！　前からちょっと気になってたんだよね』

『何と説明したら……その、機会があれば着てみます？　ええっと、お兄さんも良ければ』

『……俺は勘弁してくれ』

そしていつしか自然と話も盛り上がる。

隼人はどんどん加熱する女子トークに肩身が狭そうにしており、それが皆の笑いを誘う。

(春希さん、実は良い人なのかも～)

気が付けば沙紀の懐にも、春希に飛び込まれてしまっていた。

それが存外心地いいのが困りものだ。

沙紀はすっかり春希に絆されていくのだった。

第2話　いいかな？

天道の一番高いところで、夏の太陽が燦々(さんさん)と自己主張することに余念がないお昼時。

都会の駅前は単線の月野瀬(つきのせ)とは違って大きく人通りも多い。休日ともなればなおさらだ。

野菜の無人販売所の代わりに様々な店が建ち並んでおり、隼人(はやと)はそれらの1つ、ファミレスの中に居た。一輝(かずき)と森(もり)も一緒である。

「あーもう、on とか in とか at とか、前置詞の使い分け意味わかんねーっ！」

「ははっ、もしかしたら日本語を習ってる人たちも、『てにをは』に似たようなことを思っているのかもしれないね」

「俺はグラスを想像しているな。氷の上にかけるから on、梅干しを入れると in、水で割ると with って感じで覚えてる」

「へぇ、そうやって絵にして思い描くと分かりやすい、というかそれって……」

「ま、田舎ではよく宴会に駆り出されていてさ、お酒は付き物だったからな」

「なるほど、隼人くんらしいね」

そんな談笑する隼人たちの目の前には教材が広げられている。いわゆる勉強会だ。

切っ掛けは今朝、森からの連絡だった。

隼人は最初ファミレスに長時間居座ることに抵抗を覚えたのだが、あまり混雑していないことと他にも似たように勉強している客がいること、そして空調もしっかり効いてドリンクも飲み放題ともなれば、すぐさまその利便さに飲み込まれていった。

「くぅ、肩凝った！　そろそろ一息入れね？」

「そうだね、伊織くん。何か甘いもの頼もうか」

「んー、かれこれ1時間半か。じゃあ俺は何にするかな――」

隼人は妙にご機嫌だった。友人と一緒にわからないところを聞いたり教え合うということが、どうやら思った以上に楽しいらしい。

それに場所も快適だった。値段も高校生のお財布事情にやさしい設定である。

（これ、姫子に勧めてみるのもありかもな。それに春希、にも……）

隼人は、受験生でありながらすぐにテレビを見たりスマホを弄る妹を思い、くつくつと喉を鳴らす。そして当然春希も一緒にとまで考えを巡らせた時、ふと先日の隼人の部屋で着替えに鉢合わせた時の恥じらった顔を思い出し、頬が赤くなるのを自覚した。

最近どうにも調子が悪い。

今のようにふとした時に春希のことを考え、どうにも胸が落ち着かなくなることがある。

「……っ、なんだよ？」

「いや、別にぃ～？」

そして隼人は、一輝と森が自分を見ていたことに気付く。

どういう顔をしていたかは彼らのにやにやした目元が雄弁に語っており、気まずさからガリガリと頭を掻いてアイスティーを口に含む。

「そういえば隼人くんはさ、二階堂さんと一緒に勉強したりテストの点を競ったりとかしないのかい？」

「ぶぐっ⁉　……げほっ、けほけほっ……一輝っ！」

そんな言葉を掛けられれば隼人が咽せてしまうのも当然のことで、じろりと一輝を睨みつけた。

その一輝はといえば、にこにこと揶揄うというよりかは微笑ましいものを見守るかのような顔をしている。

森は2人のやり取りを見ながら、やれやれとばかりにズズッとコーラを飲み干す。

「ほんと、いつの間に仲が良くなったのやら」

「森、これは一輝が——」

「それ。一輝。オレは森。ん～、結構経つのにオレだけ何だか仲間外れだ」

「と言われてもな」

「てわけでこれからは伊織な、隼人」

「も……あぁわかったよ、伊織」

そう言って伊織がにへらと笑顔を見せれば、何が楽しいのか一輝のにこにこ具合が増す。

隼人はこのどうにもすわりの悪い状況から意識と視線を逸(そ)らそうとするも、伊織がそれを許さない。

「でさ、オレにもコレがどういうことなのか教えてくんない？　隼人もさー、随分洒落(しゃれ)っ気出してんじゃん」

「っ⁉　これ、は……」

そして隼人は自分に向けられた伊織のスマホの画面を見て、息を呑(の)む。

映し出されていたのは映画館前で姫子に怒られ詰め寄られている隼人の姿。かなり親密さを感じさせる距離感である。

兄妹(きょうだい)だから当然だとはいえ、事情を知らないものが見たらどう思うものか？

伊織がそれをどういう経路で入手したかはわからない。だがあれだけの人がいたのだ、春希か姫子の知り合いの誰かが撮っていてもおかしくはないだろう。

眉を寄せた隼人は、チラリと事情を知っている一輝に視線を投げるも、まるで「いいんじゃない？」と言いたげな笑顔でうんうんと頷くだけである。

はぁ、と少し恨めし気なため息を吐く。

そういえば貸しもあったなと思い出す。

隼人は観念したとばかりに、興味津々な様子の伊織に向き直った。

「そいつは姫子、俺の妹だ」

「妹ねぇ……あれ待てよ、二階堂はその子のこと幼馴染って触れ回ってなかったっけ？」

「……そうだよ、俺と春希も幼馴染なんだよ」

「はぁ、なるほどね」

隼人は不貞腐れたかのようにぷいと顔を逸らし、頬杖を突く。

そして伊織はにやにやしたままスマホに視線を戻し、愉快気に言葉を続ける。

「隼人もさー、普段から髪とかちゃんと弄ればいいのに。この画像のやつとかなかなかキマってんじゃん」

「知らねーよ、大体その日は妹が無理矢理セットしたんだよ。普段の姿で隣を歩くなって」

「もったいねーな」

隼人はそんな伊織の話を受け流しながら、そろそろ勉強の続きに戻れとばかりにシャーペンを手に取れば、それまでにこにこと見守っていただけの一輝が爆弾を落とした。

「僕も身だしなみをしっかりした方が、二階堂さんも彼女として鼻が高いと思うよ？」

「か、彼女じゃねぇっ！」

ダンッとばかりに机を叩き、思わず立ち上がり大声を出す。その拍子にベキリとシャーペンが悲し気な音と共に折れてしまう。

そして客数が少ないとはいえ周囲から一斉に視線を集めれば、ごほんと誤魔化すように咳払い、隼人は色んな意味で顔を赤くしながら席に座る。

「隼人、お前ら付き合ってなかったのか」

「付き合うわけないだろ。大体今、一輝の奴が春希に告白まがいなことをしてややこしい状況になっているってのに。それに春希とは単なる幼馴染なんだから」

「あーそれもあったな。でもそれはそれとして、オレ、幼馴染の恵麻と付き合ってるぞ？」

「っ、それは……」

伊織は驚きつつもさぞ不思議そうな顔で口走れば、隼人は眉を寄せながら口ごもる。

一体彼らから、普段どういう風に見られているというのだろうか。

春希と付き合う。

隼人は今までそんなことをちらりとでも考えたことはなかった。

むしろ考えることすら許されないと、意識したことがない。

だからこうして指摘されると、胸にいきなり生まれたこそばゆく焦れる感情を、どうしていいかわからなくなってしまう。

そんな隼人の様子を見ていた一輝が、すこし意地の悪い色を滲ませた言葉を重ねていく。

「僕が言うのもなんだけどさ、二階堂さんってかなりの美人だよね」

「……それは誠に遺憾ながら、認めざるを得ない客観的な評価ではあるな」

「僕との噂が風化したら、誰かに取られちゃうかもよ？」

「そんなこと……っ！」

「そんなこと？」

「……何でもねぇよ。ほら、勉強に戻るぞ」

「ははっ」

再び大声を出しそうになった隼人は、残りのアイスティーと一緒に胸で渦巻く苦いものと一緒に無理矢理飲み込んだ。

一輝はやれやれといった様子で肩をすくめ、伊織は少し困ったような複雑な顔で呟く。

「うーん、そうなると隼人に頼みづらくなるな……いや、却って好都合なのか」

「何がだよ？」

「試験が終わったらみんなでプールに行こうぜってお誘い。隼人には二階堂を誘って欲しいんだ」

「プール？　春希を？」

「恵麻が1人だと恥ずかしいって渋っててさぁ、ああいうところだからナンパとかも気になるし。オレは恵麻の水着姿が見たい。隼人は二階堂の水着姿、見たくねぇの？」

「っ⁉　いや、その……水着は別にどうでも。まぁでもなんだ、誘えば来ると思う」

「そっか、じゃあ頼んだ」

そう言って伊織はにへらと笑顔を零す。

その顔は少しホッとした色をしている。

「面白そうだね、僕もご一緒させてもらってもいいかな？　二階堂さんに伊佐美さんならその、大丈夫そうだし」

「もちろん大歓迎だ。大丈夫って……あぁ、何となくわかった」

「飢えた男子や女子と一緒なのはもうコリゴリでさ」

「モテ過ぎるというのも大変なんだな」

隼人は了承したものの、その胸中は複雑だった。

水着姿の春希――それを少しでも想像すると、先日部屋で居合わせたときの半裸の春希が脳裏をよぎってしまう。そしてどうしてか、そんな春希を他の人に見せたくないという独占欲じみた想いが胸を焦がす。

（ああ、くそっ！）

赤くなったり渋くなったり忙しなく表情を変える。

隼人は自身のその百面相を、一輝がにこにこと、伊織がにやにやと見ているのには気付かないのであった。

そしてしばらく後。

まだまだ太陽が高い位置にいる昼下がり。

伊織が彼女の伊佐美恵麻にバイトがどうだとかで呼び出されたのを機に解散となった。

「ただいま」

「あ、おにぃ」

「おかえり、隼人」

隼人が家に帰るとリビングには、姫子だけでなくそこにいるのがさも当然とばかりに春希も居た。

テーブルの上には教材が広げられており、姫子と一緒に試験勉強をしているようだ。

集中力が切れかかっているのか机の上で溶けてだらけている姫子と違い、隼人に気付いた春希は、すかさずワンピースのスカートの裾を気にして居住まいを正す。

そして「えへへ」と笑みを零し、今までとは違うやけに普通の女の子っぽい反応を見せられれば必要以上にドキリとしてしまい、ついつい不満気な声色で誤魔化す様に言葉を吐いた。

「あーその、気になるんなら、もっとダラけても大丈夫な格好にすればいいのに」

春希の服装は、夏らしく襟ぐりの大きく開いた、シンプルながらもスカート部分がティアードになった可愛らしいワンピース。

姫子のキャミソールに短パンという、よそ様にはお見せ出来ない姿や、いつぞやの家で披露されたセンスのかけらもないダサいものとは、大違いである。

「ん～ボクさ、今までそういう女の子な感じのとこって全然だったでしょ？　だからそういうところも頑張ろうと思って。沙紀ちゃんを見習ってね」

そう言って春希は立ち上がり、どうかなと言いたげにくるりと身を翻す。

長い髪と短いスカートの裾がふわりと舞い、危うげに足の付け根を晒す。

「っ！　別に……あーその、悪くないんじゃないか？」

そんなものを見せられた隼人は慌てて赤面する顔を逸らしぶっきらぼうに答えるも、春希の顔はえへっと笑顔だった。なんだかしてやられたと思ってしまい、眉間に皺も寄る。

「それよりもおにぃ聞いてよ、はるちゃんってば絶対変だよ」

「ひ、ひめちゃんーっ！」

「っ⁉　な、何が変なんだ？」

だからいきなり姫子からそんなことを言われると、動揺から声が上ずってしまう。

当の姫子はそんな隼人の様子に気付くことなく話を続ける。

「だってさ、数学教えてもらってたらどこにも2なんてないのに『ここのnは2を代入して』とか言ってくるんだよ？　突然で意味わかんないし、だってーのにそれで答えは合ってるし、余計にわけがわかんなくなっちゃう」

「あーわかった、みなまで言うな。それ、学校でもそうだったから」

「は、隼人もーっ！」

勉強に関して春希は、独自の嗅覚ともいうべきものが優れていた。

だから、時に色んな過程をすっ飛ばして答えを導き出す。

特に理数系は顕著で、春希は人に勉強を教えるというのが壊滅的に下手だった。

隼人は最近放課後の教室とかで、みなもや伊佐美恵麻といった女子たちと勉強会を開いているのを思い出す。

春希に問題を聞くも上手く教えられず、それを周囲が逆に分かりやすく教えるにはと問題を噛み砕くので、結果的に勉強が捗るという奇妙な構図が出来ていた。

春希は肩身が狭そうにしているが、周囲の反応は悪くない。しかし下級生の姫子には随分と不評の様だ。

唇を尖らせ拗ねる春希をよそに、隼人がくつくつと喉を鳴らせば、なんとかいつもの調子を取り戻す。

ならば今のうちにと思い、伊織や一輝に頼まれていたことを切り出した。

「なぁ、試験後の予定って何か決まってるか？　皆でプールに行かないかって誘いがあるんだが」

「ぷ、プール⁉　プールってその、泳いだりするあのプール？」

「はい！　あたしウォータースライダーやりたいです！　浮き輪やボートで下るやつ！」

2人の反応はそれぞれ顕著だった。

驚き、そしてどこか歯切れの悪い春希に、もはや事前に調べていたとしか思えない自分の望みを述べる姫子。

「あーえぇっと姫子、俺も誘われた方だから、皆っていうのは俺の学校の奴のことなんだ。俺は別にいいし、それに言えば歓迎してくれると思うけど……その、いいのか？」

「うっ、それは……ちょっと考える……」

「それから春希、嫌だとか都合が悪いとかなら無理していかなくていいぞ。俺の方から断りを入れておくし」

「別にその、イヤだとか予定があるというわけじゃないのですけれどね……」

「……春希？」

ちらちらと隼人の様子をうかがう春希の顔は、やたらと赤かった。

長い髪の毛先をくるくると弄び何かを躊躇うその姿は、どう見ても恥じらう乙女にしか見えない。

『オレは恵麻の水着姿が見たい。隼人は二階堂の水着姿、見たくねぇの？』

ふと、伊織のそんなセリフを思い出す。そして伊佐美恵麻が恥ずかしがっているということと、他に女子が行くということも伝えていないことに気付く。

もしかしたら春希にそういう風に受け取られたかもしれない。

隼人は慌ててそのことを弁明しようと向き直れば、どこか意を決して見上げてくる春希と目が合った。

「お、泳げないの……っ」

「はる………え？」

「そのボク、カナヅチなのっ!!」

「そ、そうなのか」

そういえばと思い出す。

確かに月野瀬に居た頃はよく川遊びはした。

渓流を転がる岩に登って飛び降りたり、サワガニを探したり、タモを持ってイワナやアユを追いかけまわしたりで、泳ぐということはしていない。そもそも泳げるような川でもなかった。

隼人が意外そうな顔で春希を見つめ返せば、「わ、悪い!?」と言いたげな顔で、春希はぷいっと俯き加減で顔を逸らし唇を尖らせる。

そんな拗ねた顔を見せられれば何だか可笑しくなって、自然と春希の頭に手が伸びた。そしてあやす様にぐりぐりと撫でまわす。

「ほら、泳ぐばかりがプールじゃないだろ？　浮き輪で浮かんで流されたり、飛び込みやスライダーだって楽しそうだし」

「それは泳げる人だからだよ……大体さ、カナヅチって恥ずかしいじゃん」

「何なら教えてやろうか？」

「お、言ったね？　じゃあボクは人体が決して水に浮くように出来ていないってことを教えてあげよう」

「アホか！」

隼人と春希のじゃれ合うようなやり取りを見ていた姫子は、ジト目でむくれて唸り声を上げていた。

どうやら人見知りの激しい姫子には、兄の級友に交じってついていくというのは中々にハードルが高いらしい。

「うぅ～、2人して盛り上がっちゃってさ、もぅ！」

「悪ぃ悪ぃ」

「まぁでも水着の問題もあるんだよね。あたし、ちゃんとしたの持ってないや」

「あ、ボクも持ってない」

「俺も月野瀬の学校指定のしか持ってないな」

さすがの隼人もそんなものを着て行くつもりはない。とはいえ、変に悪目立ちしなかったら何でもいいやという程度だ。

最悪当日プールで買えばいいと思っているが、女子としてはそうはいかないらしい。

姫子も春希も困った顔をしながら思案し、スマホで検索をかけ始める。

隼人はそんな2人を見て目を細め、自分の部屋に戻ろうと背を向けると、くいっと春希にシャツの裾を引かれた。

「ね、隼人はさ、水着、どんなのが好き？」

「す……っ⁉」

不意にそんなことを聞かれれば、思わず大きな声を出しそうになり、無理やり驚きと共に飲み込む。一気に頬が熱を帯びていくのがわかる。

「ピンクの可愛いのとか、黒のちょっと大人っぽいのとか、どういうのがいいかなーって」

「ばっ、そ、そんなのわかるわけねぇよ！　つ、月野瀬には学校のプールくらいしかなかったしっ」

「あはは、そっかぁ……じゃあ当日楽しみにしててね」

「お、おぅ……」

それは暗に参加するという事を告げていた。隼人はガリガリと頭を掻（か）いて了承する。

水着姿の春希がどんなのか見たいと思う一方で、他の人に見せたくないという思いも渦巻いたままだ。

だけどこの胸のざわめきすら心地いいと思ってしまう。不思議な感覚だった。

そして春希は、依然としてシャツを掴んだままで、何やら少し様子がおかしかった。

少し困った表情を浮かべ隼人と姫子の顔を交互に見やり、何か言いにくそうにしている。

「春希……？」

訝し気にそう尋ねれば、眦をキュッとさせて頷き、そして唇を隼人の耳に寄せて呟いた。

「あの、ボクも隼人のおばさんのお見舞いに連れて行ってもらっても、いいかな……？」

「っ！　それ、は……」

隼人にとって完全に不意打ちの言葉だった。

驚きから目を見開き、そして春希の胸の内を探るかのように眺め回す。

その視線をどう受け取ったのか、春希は顔色を次第に曇らせ、そしてぽつりと謝罪の言葉を零す。

「……ごめん、そういうのって家族以外は無理だという場合もあるよね」

「っ！　あぁいや、違う。突然のことで驚いただけで、その……見舞い自体は全然問題ない。誰かに感染るようなもんでもないしな」

「じゃあボクも行ってもいい？」

隼人が慌ててそうではないと取り繕えば、春希はずずいと前のめりになって目を覗き込んでくる。

そんな射貫くかのようにまっすぐで、綺麗な色を湛えている目を向けられれば、ドキリとしてしまうのも無理はない。

隼人は騒めく胸中を悟られまいと目を逸らせば、テーブルの上で溶けている姫子の姿が飛び込み、そしてため息を1つ。

「ボクさ、もっと隼人やひめちゃんのことを知りたいんだ」

そんなことを言われれば、隼人の答えは1つしかなかった。

「……わかったよ」

その後すぐ、姫子に適当に言い訳をしてマンションを出た。

まだまだ陽射しは強く、少しでも涼を求め大通りの街路樹に寄り添うようにしながら病院を目指す。

最寄り駅から電車で2駅。

「ん～案外近いね、といってても徒歩ではちょっと微妙な距離だけど。あ、これだと自転車ならアリじゃない？」

「それなんだが来月誕生日だし、どうせなら原付の免許取ろうと思ってるよ。まぁ買うとしても中古だし、どちらにしてもバイト探さないとだが」

「あ、そういやボクたち高１だから、もうバイトも出来るし原付の免許も――ってちょっと待って、隼人って来月誕生日なの⁉」

「おう、８月25日だ」

「もう、そういうことは早く言って……よ、ね……」

「すまん……って、春希？」

不意に隣を歩く春希の足が止まる。

どうしたことかと振り返れば、困った顔で苦笑を零している。

「ん、ボクさ、そんなことも知らなかったんだなって」

「……そういや俺も、春希の誕生日知らないな」

「３月14日だよ。随分先だね」

「姫子と同じ早生まれか。アイツは１月７日だ」

「そっか……ひめちゃんも早生まれなんだ」

おもむろに再び歩き出すも、どうにも重い空気だった。

そんな隼人と春希を白亜の巨大な建物が見下ろしている。

時折無言の２人の横を車とバスが通り過ぎ、病院へと吸い込まれていく。

そして門を間近に控えた時、ふいに隼人は足を止め、ガリガリと頭を掻いた。

「あーそのなんだ、誕生日は知らなかったけど、春希が開けるのが下手なくせにラムネが好きなのは知っている」

「……隼人？」

「他にも負けん気が強くてゲームにのめり込むと身体ごと動かすのも知っているし、虫や動物を見かけるとふらふらと追いかけるのも知っている。最近だと横断歩道の白い部分だけを踏んで渡ろうとしてるのも知ったな」

「みゃっ、みゃっ、みゃっ⁉」

春希の顔はみるみる赤く染まっていった。

隼人は眉に皺を寄せつつ真剣な表情で、なおも自分の知る春希の子供っぽいとも言える部分を挙げていく。そして春希はますます赤くなる。

「他にも源じいさんの羊小屋で――」

「ストーップ！　もういい、もういいからわかったからっ！　それを言ったらボクだって隼人が川の上の岩に飛び乗ろうとして滑って落ちたり、ガムを調子に乗って膨らませ過ぎてべちゃっと割れて顔や前髪に貼り付けたこととか、最近学校でスマホ弄りながらスーパーの特売調べてることとか知ってるんだからね！」

「ちょっ、おま、春希っ⁉」

今度は隼人が慌てる番だった。

そして頬を膨らませた春希と目が合えば、互いにぷっと笑いが転び出る。

「ははっ、そのなんだ、ガキの頃なんて誕生日とかよりも毎日どうやって遊ぶかの方に夢中だった」

「ふふっ、そうだね。これから知らなかった部分を埋めていけばいいよね」

「あぁ、これからはずっと一緒なんだしな」

「…………」

「……春希？」

「隼人ってさ、時々すごい不意打ちしてくるよね」

「は？」

春希はいきなり不満混じりの声を漏らしたかと思えば、ぷいとばかりに顔を逸らし、小走りで病院の門をくぐる。

突然の春希の態度に隼人は何か可笑しなことを言ったかと訝しむが、振り返った時のその顔はいつも通りだった。

「行こ？」

「あぁ」

病院のロビーは嘘臭いほど広く明るく清潔で、隼人はムッと顔をしかめた。休日の大病院は見舞いに訪れる人が多いのか、血色の良い人ばかりが目に入る。

「こっちだ」

「う、うん」

慣れた足取りで受付に向かう隼人に対し、春希は物珍しいのかきょろきょろとせわしなく周囲をうかがっている。

隼人は素早く手続きを終えて面会用ストラップを受け取ると、いつもの流れでエレベーターの方に向かおうとし、足を止めた。春希の方へと振り返れば、どうしたものかと隼人と受付の方へと視線を彷徨わせている。

「っと悪ぃ、そこの面会簿に名前を書いて、見舞い用のストラップをもら——」

「隼人ってさ、やっぱりいつも1人で来てるんだね」

「っ！　それは……」

「とりあえず手続きしてくるね」

「……あぁ」

事実を指摘され、隼人はガリガリと頭を掻く。

この件に関しては姫子の事情も絡むので、何と言っていいかわからない。

しばらくしてストラップと共に戻ってきた春希は、そんな隼人の顔を真っ直ぐに覗き込む。そしてふわりと笑う。

「もしさ、それを話して隼人の心が軽くなるならさ、遠慮なくボクを頼ってよ。一緒に悩んで背負ってあげるくらいはできるからさ、ね？」

「……その時は頼む」

「約束だよ？」

そして小指を差し出してきた。

軽い口調に反しその目はやけに真剣で、真正面から隼人に向かってくるものだった。

隼人はその気迫に呑まれるかのように小指を絡ませる。そして春希がふふっと笑い声を零せば、ドキリと目が離せなくなる。

心の中はぐちゃぐちゃだった。

姫子が見舞いを避けていることだとか、繋がっているのが小指だけなのが物足りないだとか、そんなことがぐるぐる巡る。

やがてその場で立ちっぱなしで、周囲の邪魔になっていることに気付く。

「………行こう」

「うん……あーちょっとボク緊張してきた」

そして絞り出すように声を出し、百面相になっているだろう顔を見せまいと、背を向けようとした時だった。

「どうして君がここにいるんだ⁉」

「え……痛っ」

「春希？」

聞き覚えの無い声が隼人の思考を切り裂く。

どうしたことかと振り返れば、見知らぬ男性が並々ならぬ剣幕で春希の腕を摑んでいるのが見える。

誰だ？　一体何が？

隼人はそんなことを考えるよりも先に身体が動いてしまっていた。

「おい、あんた春希に何をするっ！」

「隼人っ！」

「っ！」

パンッ！　と乾いた音が周囲に響き渡る。

隼人は過剰なくらい力を込めて春希を摑む彼の手を払いのけ、そして摑まれていたところを上書きするかのように春希の手を掴んで自分の方へ庇(かば)うように抱き寄せる。威嚇して唸(うな)るように零れた声色は、春希が驚くほど低かった。

隼人は改めて相手を見る。

見知らぬ男だ。

涼し気な印象を受ける端整な顔立ちで、スラリと背も高く目を引く美丈夫だが、年の頃は30かそれ以上か、少なくとも1回り、もしくは2回りは離れているかもしれない。

どちらにせよ、見るからに同世代ではない。関係性が窺(うかが)い知れない。

まじまじと観察する隼人の隣で、春希も眉をひそめ小さく首を傾げている。

「いやその、僕は……」

訝(いぶか)しみ、睨(にら)みつけるかのような隼人の視線を受けた彼は、そこでようやく自分のしたことに驚いているようだった。

慌て動揺する様を見るに、どうやら彼としても衝動的な行動だったらしい。

「春希、知り合いか？」

「うぅん、全然知らない人」

そうして春希が首を横に振れば、男性は瞠目(どうもく)し、そして申し訳なさそうな、しかしやけに真剣な顔で頭を下げた。

「すまない、人違いだった。その、雰囲気がよく似ていて……急に腕を摑んだことを許してほしい」

「う、うん、ボクは別にそのっ……あ、頭を上げてくださいっ！」

男性は顔を上げると、控えめではあるが観察するかのように春希を眺め、そして口の中で何かの言葉を転がした。

「そうか……ありがとう」

そして何事もなかったかのように足早に去って行く。

隼人はそんな彼の後ろ姿を怪訝な表情で見送った。

（……何だってんだ？）

何だか自分でもわからないが、彼のことが無性に気に入らなかった。

思わず春希を摑む手に力が籠もる。

「……隼人？」

「っ！　悪ぃ」

そして春希が心配そうな顔で見上げてくれれば、抱き寄せ密着していることに気付く。

すると途端に、春希のことを意識してしまう。

すっぽりと腕に収まりそうな体軀の差とか、触れている肌の柔らかさとか、鼻腔をくすぐる少し甘い香りは髪からなのか、そんな自分との違いを思い知らされ、頭に血が上りそうになる。だから慌てて身を離した。

「ぁ……うぅん、何でもないならいいけど」

その際、春希から少しだけ切なそうな声が聞こえたのは気のせいだろうか？

隼人は纏まらない頭をガリガリと掻き、そして先を促す。

「……行こうか、6階だ」

「うん」

そして今度こそ背を向け歩き出した。

エレベーターに乗り6階へ。

見舞い自体は何度も来ているが、春希と一緒となると少しだけ背筋が伸びてしまう。

緊張しているのは春希も同じなのか、猫背気味にきょろきょろ周囲を窺っている。

617――そう書かれた部屋の前で立ち止まり、ノックした。

「はーい、開いてますよって、隼人じゃない」

「……母さん」

返事と共に扉をスライドさせるや否や、目に飛び込んできた光景に隼人は頭を押さえる。

あちこちに散乱しているやたらと刺繍が施された生地に、手の込んだレース、そしてベッドの上の机で型紙を引いている母、真由美の姿。

しばらく見ないうちに病室がまるで、服飾デザイナーか何かの部屋のようにすっかり様変わりしていたのだった。

「……一体何やってんだよ」

「いやね、リハビリがてら刺繍を始めたら思いのほかはまっちゃって……どうせならって手編みレースにも手を出して、いっそ服も作っちゃおうかなーと」

「ったく……」

隼人は呆れながらも散らかっていたものを片付けていく。

手に取った刺繍とレースを見やる。どれも可愛らしく、店で売られているものと遜色ないほどの出来栄えだ。

それは、それだけ手を思い通りに動かすことが出来るということを証明しており、ホッと少しだけ胸を撫で下ろす。

「あら悪いわね。それに来るなら家の裁縫セットも持ってきてもらえばよかったかな」

「今度持ってくる、というか何の服を作る気だよ」

「案外病院って暇で。どうせなら手の込んだドレスとか作っても面白そうじゃない？」

「作ってどうすんだよ、そんなもの。誰がどこで着るんだ……」

「確かに……それならいっそ、コスプレ衣装とかの方がいいわね……文化祭とかでそのうち使う機会もでてくるんじゃない？　うん、そうしましょ！」

「はぁ……」

隼人は心の中で姫子にご愁傷様と思いながら、ふと隣が静かなことに気付く。

「……あれ？」

「どうしたの？」

ふと周囲を見回してみるも、一緒に来ていたはずの春希の姿が見えない。が、扉越しに何やら躊躇うような気配がするのはわかる。磨りガラス越しに人影が揺れている。

（……自分から言い出したのに）

呆れながらも扉をスライドさせれば、そこで自分の長い黒髪を指先でくるくると弄ぶ春希がいた。

隼人がジト目でガリガリと頭を掻きながら見下ろせば、春希は困ったような気恥ずかしいような顔で見上げてくる。一瞬、その仕草にドキリとしてしまう。

「……ぁ」

「ったく、行くぞ」

それを悟られたくなかった隼人はぶっきらぼうに腕を取り、強引に病室へ招き入れる。

「母さん、実は今日、会わせたい人がいるんだ。ほら」

「ぼ、ボクまだ心の準備……あのその、お久しっ」

「まぁ……まぁまぁまぁまぁ！」

隼人に背中を押される形で前に出た春希の姿を認めた真由美は、一瞬にして目をキラキラと輝かせた。

そしてじっとはしていられないとばかりに、ベッドを抜け出しその手を掴む。

「その、思ったよりもお元気そうでよかったというか、えぇっと……」

「あらあらあら、こんなに可愛い子を……隼人、あんたやるじゃない！　隼人の母です！　あぁもう、あの子ったら身だしなみとか無頓着で……でも悪い子じゃないのよ？　ちょっとお節介なところはあるけれど」

「か、可愛っ……ぼ、ボクとしてはその、隼人の世話焼きなところが変わってなくて安心というかっ」

「まぁまぁ！　もう名前で呼び合ってるだなんて、仲が良いのね！　うふふ、もしかしてそういうことかしら？　かしらっ!?」

「待て落ち着け母さん、何か勘違いしている」

何かが嚙み合っていなかった。

緊張からしどろもどろになっている春希は、やたらとテンションの高い真由美の勢いに、目を回して吞み込まれてしまっている。

（そういや姫子と初めて出会った時もこんなだっけ……？）

隼人はどこか憶えのあるやりとりに、額に手を当てながら割って入る。

「母さん、春希だよ春希。小さいころよく一緒に遊んでいた、あの春希」

「………………え？　春希って、あのはるきちゃん……？」

「あのそのおばさん、改めてお久しぶりですっ。二階堂春希、です……っ！」

真由美の顔に理解が広がると同時に固まってしまった。

ぎぎぎと音が聞こえてきそうな様子で隼人を見た後、まじまじと春希の姿を観察していけば、どんどんと目を大きく見開いていき、その感情を爆発させた。

「えええぇぇぇぇぇ～～～っ！！？？！？」

もはや絶叫とも言える驚きの声だった。

さすがに隼人と春希もその驚き様にビクリとしてしまう。

春希はどうしようと視線を送ってくるが、肩をすくめて首を振るしかできない。

真由美の春希を摑む手には一層力がこもり、わなわなと肩を震わせている。

「は、ははははるきちゃん、男の子なのにこんなに可愛くなっちゃったのーっ⁉」

「みゃっ⁉」

「か、母さんっ⁉」

「き、霧島さんのお母さん、何かあったんですかっ⁉」

　何か盛大な勘違いをしているようだった。

　そして驚く3人の前に1人の小柄な少女が飛び込んでくる。

「みなもちゃん、ちょっと聞いて⁉　隼人がね、すごく可愛い子を連れてきたと思ったら実は男の子でどうしよう、っていうか親としては応援すべきかしら⁉」

「え、春希さん⁉　春希さんって本当は男の子だったんですか⁉」

「ち、違うよ！　男の子じゃない……ってみなもちゃん⁉　え、うそっ⁉」

　既に真由美の手によって弄られた後なのか、乱入してきたみなもは、そのくりくりの癖っ毛は綺麗にセットされ、学校とは見違える姿だった。

　春希は初めて見るみなもの姿に驚き、目をぐるぐると回している。

「霧島さんの、一体なにが……って貴様は⁉」

「っ⁉　あぶね、ペットボトル⁉」

「おじいちゃん⁉」

「止めるなみなも！　あやつ、みなもに粉かけるのに飽き足らず、他の女子にまで！」

そしてみなもの祖父もかけつけるなり隼人にペットボトルを投げつけ、より一層混沌としていく病室の騒動は、「お静かに！」と乗り込んで来た看護師長さんにこってりと絞られるまで続くのだった。

十数分後、６１７号室には少々バツの悪そうな顔が５つ並んでいた。

そんな中、気を取り直した真由美は、コホンと咳払いをして春希と向き直る。

「ごめんなさいね、昔が昔だったから、てっきり春希ちゃんのこと男の子だと思ってて」

「あ、あはは。実はひめちゃんにも、男の子だって思われてたみたいで……」

「そりゃあだってねぇ、いつも泥だらけにして擦り傷ばっか作ってた子が、こんなに美人になっちゃって……隼人も凄く驚いたんじゃない？」

「……ノーコメントで」

隼人の胸がドキリと跳ねる。それを悟られぬよう、曖昧に返事をして誤魔化す。

チラリと春希の方を見てみれば、真由美からつやつやのどんぐりをドヤ顔で見せに来た、自分で草を編んで作ったトラップに嵌ってコケて泣くのを必死に我慢をしていたなど、絶賛黒歴史を語られ、真っ赤になって俯いている。

その様子にホッとした隼人は、自分にちらちらと視線が向けられていることに気付く。

「……あ」

みなもは目が合うや否や申し訳なさそうな顔を作り、謝ってきた。

「その、おじいちゃんがごめんなさい」

「あーいや、三岳さん、別に気にしては」

「ふんっ、別嬪さんを侍らしていたことには変わらないからな！　みなも、気を付けろよ！」

「おじいちゃん！」

相変わらずみなもの祖父は、妙に意固地だった。ぐるると唸って隼人を牽制している。孫娘を思ってのことだというのはよくわかっているので、隼人たちも苦笑を零す。

その様子を見守っていた春希は、頃合いを見計らっておずおずと少し緊張気味な様子でみなもの祖父の前に出た。

こほんと咳ばらいを1つ。その瞬間、春希の纏う空気が変わる。

「初めまして、二階堂春希です。みなもちゃんとはとても仲良くさせてもらっています。特に園芸のことでお世話になっております。これからもどうぞよろしくお願いします」

楚々とした嫋やかな笑みを浮かべ、ぺこりと頭を下げる。流れるような美しい所作で、完璧な清楚可憐で大和撫子然とした挨拶だった。

　みなもの祖父は目をぱちくりさせながら、それが自分に向けての挨拶だと認識するや否や、少しばかり顔を赤らめながらぽりぽりと頰を搔いてそっぽを向く。

「ぉ、おう、その、これからも孫をよろしく頼むっ、それじゃワシはこれで！」

　そしてやおら立ち上がり、最後の方は早口になりながら部屋を去って行く。

「……はるきちゃん、本当に女の子みたいだったわね」

「ぶっ！」

「お、おばさん⁉　は、隼人もーっ！」

「あ、あはは……」

　みなもの祖父の後ろ姿を見送った後、真由美がしみじみと感心したかのような言葉を零せば、隼人は堪らないとばかりに噴き出した。

　春希が抗議の声を上げつつ同意を得ようとみなもを見れば、苦笑を寄越すばかり。もぉ、とばかりに唇を尖らせるも一瞬、そのまままじまじと観察し、はぁとため息を零す。

「それにしても驚いた。みなもちゃん、こんなに可愛く変身するなんて」

「あ、これはその……」

「でしょう？　それにしても、春希ちゃんとみなもちゃんがお友達だなんてびっくりだわ。

世間は広いようで狭いわねぇ」

「春希さんは霧島さんと同じく、園芸でよくお手伝いしてもらっているんです」

「俺は母さんがあの後も三岳さんの髪を弄ってたことにびっくりだよ」

「おほほほほ。そうね、3人とも仲が良いのはいいことなんだけど、う〜ん……」

「え、え〜っと……？」

「母さん？」

「おばさん？」

真由美は眉を寄せながら、怪訝な声でう〜んと唸る。

そんな態度を取られたみなもは、何か自分が失礼なことをしたんじゃないかとあたふたするも、すぐさま真由美は「違うのよ」とひらりと手を振り視線を隼人に移す。

「霧島さん、よ」

「ふぇ？」

「私も霧島さん、隼人も霧島さん……ややこしいと思わない？　あ、あと三岳さんもおじいさんと2人いるわね」

「ちょっ、母さん！」

そう言って真由美は人差し指を隼人に突き付けて、メッと言わんばかりに窘める。

隼人は一瞬どういう意味かと呆けてしまうも、理解が及ぶにつれ徐々に顔を赤くしていく。同級生の女子を名前で呼ぶ……それは年頃の男子である隼人にとって中々にハードルが高い。

（春希はまぁ、アレだけど……）

そう思って視線を前に移せば、やけに難しそうな顔をしたみなもがぶつぶつと口の中で言葉を転がしている。そして、よしっとばかりに握りこぶしをつくった。

「は、隼人さん！」

「あ、はい。みなも、さん……」

真剣な顔でグッと前のめりになって名前を呼ばれれば、隼人も釣られて名前を呼び返すものの、何だか気恥ずかしくなって目を逸らしてしまう。

また、今日のみなもは先日同様髪がしっかりとセットされており可愛らしい。そんな彼女にずいと迫られる形となれば、ドキリとしてしまうのも無理はない。

だがそれを良しとしない者も居た。

「ふ～～～～～ん」

「な、なんだよ春希」

「べっつにぃ？　ただ鼻の下が伸びてるなぁって。今日のみなもちゃん、すっごく可愛いもんねー？」

「ばっ、別に伸ばしてねぇよ！　その、可愛いのは認めるけどさっ」

「どーせボクは可愛くないですよーだ。そりゃ男子と勘違いされるボクと違って、みなもちゃんは小さくて可愛くて女の子ーって感じだもんね？　……あと、おっぱいも大きいし」

「おっ……って、そんなこと言ってないだろ！」

「つーん」

「ガキか！」

むくれる春希にむすっとする隼人。

まさに子供の喧嘩だった。

しかしみなもと真由美はそんな微笑ましくもある2人を見て忍び笑いを零す。それに気付いた隼人と春希が互いにバツの悪い顔を見合わせ目を逸らせば、ますますにこやかな視線を向ける。

隼人は照れくさくムズムズしたものを感じ、そそくさと立ち上がる。

「顔見せは終わったし今日はもう帰るぞ、春希…………と、みなもさん、も」

そう言って逃げるように部屋を出た隼人の後ろ姿を見送った3人は、互いに顔を見合わせくすくすと笑い合う。

「待ってよ、隼人ーっ。あ、また来ます、隼人のおばさん。みなもちゃんも行こ？」

「あ、はい！　お邪魔しました」

「あらあら、またね」


西の空はほんのりと赤く色付き始めていた。

病院を出て駅を目指す隼人の顔も赤い。

「うちの母さんがその、色々すまん、ええっとみなも……さん」

「いいえ、気にしてないです」

「そ、そうか」

みなもの機嫌はすこぶる良かった。

ハーフアップに整えられた、くりくりとした後ろ髪が嬉しそうに揺れている。

隼人は多少何故だろうと疑問に思うものの、気恥ずかしさの方が上回り頭を振る。

その様子をじっと見ていた春希は、ふと疑問に思っていたことを尋ねた。

「みなもちゃんさ、その髪型すっごく可愛いよね。どうしていつもそれにしないの？」

「ふぇ⁉」

みなもの肩がビクリと震え足が止まる。眉に困ったぞと皺が寄り、顔も赤くなる。

「こっちの方がいつもより断然いいよね。隼人もそう思わない？」

「まぁ、それは確かに」

「あうぅ」

春希に純粋な疑問の瞳を向けられ少しばかり後ずさるも、やがて観念したとばかりに声を絞り出す。

「そのこれ霧し……隼人さんのお母さんにしてもらったので、自分ではその……」

「……あーなるほど。おばさん、隼人に似てお節介だから」

「おい」

春希は得心がいったとばかりにポンと軽く手を叩く。

「じゃあさ、ボクと一緒に練習しない？　ボクもさ、実はこういうの慣れてないんだ。ほら、隼人のおばさんに男子と思われたくらいだしね」

「ふぇ!?　えとあのその、いいんですか？」

「うん、だって友達じゃん」

「あ……ふふっ、そうですねっ」

春希とみなもは顔を見合わせ笑い合う。

まだまだぎこちないところもあるが、それでも仲の良さが窺い知れる。最近はよく一緒に花壇で話をしているのも目にする。

（仲が良い女友達、か……）

隼人はこの微笑ましい筈の光景に、どうしたわけかチクリと胸が痛む。

そして誤魔化す様に再び頭を掻く。気付けば駅はもう目の前だった。

「私はここからバスですので。春希さん、隼、人……さん、また明日学校で」

「……ちょっと待ってくれ」

もう一度みなもから躊躇いがちに隼人の名前が呼ばれ、隼人は遠慮がちに口を開いた。

「その、学校では三岳さん、のままの方がいいだろうか？　春希の時もそうだったし、えっと周囲に妙な誤解を、というか……」

「あ……そう、ですね……ですが……」

みなもは今その事に気付いたとばかりに目をぱちくりさせ、顎に手を当てる。

春希は少し難しい顔をして、そんなみなもと、そして隼人の顔を交互に見ている。

やがてみなもは、少し恥ずかしそうにしながら言葉を紡いだ。

「名前で呼ばれるの、好きです。その、家族以外では春希さんくらいしか呼びませんから」

「そっか、わかった。じゃあその、みなもさん」

「はいっ！」

みなもがはにかむ。隼人は気恥ずかしさから頭を掻く。

しかし春希は2人に気付かれることなく眉をひそめ、そして何かを考え込んでいた。

「それでは、これで――」

「待って！」

「――ふぇっ⁉」

「春希？」

春希はバス停に向かおうとしたみなもの手を強引に摑んで引き寄せた。

「ねぇみなもちゃん、今日これから泊まりに行ってもいいかな？」

「……春希さん？」

春希の瞳はやけに真剣で、有無を言わせぬ迫力がある。

隼人はその瞳に意識が吸い込まれ、ただただその後の2人の様子を見守るのだった。

幕間

色付く心に、寄り添い揺蕩う

月野瀬（つきのせ）の西空が茜色（あかねいろ）に染まっていく。

東空には気の早い星が瞬き始めている。

山から吹き下ろされた風が、沙紀（さき）の左右２つに結われた色素の薄い亜麻色の髪を揺らす。

「ん～、いい風」

昼間と比べて随分と和らいだ陽射しと涼を運ぶ風に、目を細めながらあぜ道を歩く。

沙紀は巫女（みこ）装束だった。

目立つ姿ではあるが、月野瀬では見慣れた光景である。

村の祭りや集まりといったイベントの一切を取り仕切る神社の１人娘であり、よくその手伝いをしてきた沙紀が巫女姿であちこちへお遣いする様は、月野瀬の風物詩といってもいいだろう。

今も畑帰りの住人とすれ違えば、手をあげて声を掛けられている。

「おや、沙紀ちゃん、どこか用事かい？　やたら上機嫌みたいだけど……都会に行った霧島の坊主に何か言われたか？」

「うぇっ⁉　ち、違いますよぅ！　そ、その、源さんのところまで」

「ははっ、そうか。気を付けてな」

「は、はい〜っ」

一瞬にして顔を真っ赤にした沙紀は、それを誤魔化すようにして足を速める。もう一度吹き下ろした風が白衣の小袖と緋袴を揺らす。

（うう、そんなに顔に出てたのかなぁ？）

そんなことを考えながら、スマホの入った袖口を押さえる。

ちなみに周囲の沙紀の気持ちの認知度は、先ほどの反応から推して知るべしである。

思い返すのは、先ほどのグルチャでの会話。

『村尾さん、時間がある時で良いので、源じいさんとこの羊の画像、撮ってくれないか？』

『え、いいですけど。どうしてまた？』

『隼人ってば、源じいさんとこのメェメェに似てるって言い張る子がいるんだよね』

『いやその、ぴょこぴょこ動く癖っ毛がそっくりで』

『だから沙紀ちゃん、確かめるためにも撮ってきて欲しいんだ』

『ふふ、わかりました。いいですよ』

隼人からの頼まれ事ともなれば、沙紀にとって否やはなかった。

こんな他愛のないお願いなんて初めてで、思わず竹箒を放り出して向かうほどに、心が躍ってしまっている。

状況はよくわからない。

だけど月野瀬の源じいさんの羊が話題に関わっているなら、沙紀もその会話に交ざることが出来るだろう。

どんな話題の種になるのだろうか？

最近よく話すようになってきた春希のことを考えても楽しくなる。

沙紀は足取り軽く、目的地へと着いた。

「源さーん、源さんいますかー？　……うーん、誰もいないのかなぁ？」

声を掛けるも反応はない。

沙紀は困った顔を作りながら玄関の柵を外して中に入り、裏手を覗く。褒められた行為ではないが、月野瀬では勝手に入ったところで咎める人などいない。

「う～ん、お留守みたい」

「めぇ～」

「あら？」

「めぇめぇ～」

源家は月野瀬によくある農家の造りをしている。

他家と違う部分といえば、母屋と隣接するように建てられている羊小屋だろう。

敷地内に放し飼いにされている羊たちは、沙紀の姿を見つけるとめぇめぇと甘えた声を出しながら、撫でろとばかりに頭を擦り付けてきた。人懐っこく、よくあることだ。

「まぁいいか、目的はあなたたちだし。写真撮らせてもらっていいかな？」

「めぇ！」「めぇ～」「んめぇ～～」

「ふふっ、ちゃんと撮らせてくれればいい子いい子してあげますからね～、ってあぁ、もう、袴嚙まないで～」

沙紀はその後、順繰りに羊たちを撫でてあげた後、んめぇ～と機嫌良さそうに鳴く羊をスマホに収め、グルチャに送るのだった。

月野瀬の数少ない灯りが消えていき、上弦の月が西の山にかかる頃。

神楽舞の練習を終えた沙紀は、シャワーで汗を流しながら悪態を吐いていた。

「もう、おばあちゃんったら～っ」

今日の練習も熱が籠っていた。

最近隼人との会話が増え、かつてより身近になっているのを感じると共に、今年も舞を見に来てくれるのかと思えば無理からぬこと。

ただそれを、師でもある祖母に「舞に色が出て来たねぇ、誰を思ってるのかねぇ」とにこにこ笑顔で言われれば、ヘソを曲げるのも当然だろう。

「さてと、返事は来てるかなぁ～？」

そんなもやもやしたものもシャワーと一緒に洗い流した沙紀は、長い髪を湿らせたまま自分の部屋に戻る。

ベッドの枕元に置かれたままのスマホはいくつかの通知を告げており、すかさず確認すれば、既に話が盛り上がっている最中だった。

『はるちゃん、ちゃんと大人しくするんだよ？　枕とか投げちゃダメだからね？』

『春希、夜寝る前にはちゃんとトイレに行けよ？』

『ちょっとひめちゃんも隼人も、ボクをなんだと思っているのかな!?　っていうか隣でみなもちゃんに笑われたんですけど!?』

どういう状況かはよくわからないものの、どうやら春希が弄られていた。

その微笑ましいやり取りに沙紀の頬も緩む。

『こんばんは。何やら楽しそうな話をしていますね』

『あ、沙紀ちゃん！　聞いてよ、隼人もひめちゃんもひどいんだよ!?』

『はるちゃんさ、初めてお友達のところにお泊まりするんだって』

『この不安、初めてのおつかいの比じゃないな。迷惑かけてないといいけど……』

『春希さん、明日学校なんだから夜更かししたらいけませんよ？』

『も、もぉー、沙紀ちゃんまでーっ！』

そんなやりとりに、ベッドに腰掛けくすくすと笑う。

スマホの画面の向こうで顔を真っ赤にした春希や、それをにこにこと弄る姫子（ひめこ）や隼人の姿が容易に想像できる。それが、とても楽しい。

隼人を交えて気軽に会話しているだなんて、ついこの間まで想像もできなかった。

この状況に、沙紀の心はふわふわしている。

それもこれも、春希のおかげだった。

『そういえば羊の画像、どうでした？』

『あ、早速送ってもらったみたいで、ありがとう村尾さん』

『いえ、これくらい』

ありがとう、隼人からのその言葉だけで沙紀の頭に花が咲く。姫子に劣らず単純である。

しかし、その後に映し出された画像に沙紀の表情が固まった。

『おにぃもさ、酷くない？　こーんな可愛らしい子が源じいさんの羊にそっくりだなんて言うんだよ？』

随分と可愛らしい女の子だった。

春希と一緒に撮った画像らしく、不意打ちで撮られたものなのか、あわあわしている様子が映し出されており、それがまた、彼女の小動物的な愛嬌の良さを演出している。

それでいて、癖っ毛だという髪を丁寧に編み込まれてセットされ気品があり、それがどちらかと言えば同世代に比べて童顔の彼女に、怪しい色香とも言えるものを漂わせていた。

沙紀も思わずゴクリと喉を鳴らす。

（きれかわいい――って誰えっ!?　お、お兄さんの知り合いなのぉ!?）

沙紀は戸惑いつつも、まずはどういう状況か把握すべく、思わずベッドの上で正座して状況を見守る。

『いやその、セットしていない普段のくりくり具合がそっくりで』

『まぁ隼人の言いたいことも分からなくもないんだけどさ。ボクも最初は納得しちゃったしね、ほら』

今度は編み込みが解かれ、ぴょこっとした癖っ毛が特徴的な彼女の姿の画像だった。

これも春希が不意打ちで撮ったのか、彼女は恥ずかしそうに頭に手を当てている。

先ほどの画像と比べると、髪型一つでここまで印象が変わるものなのかと驚いてしまう。

沙紀の胸中は複雑だった。穏やかではいられない。

思わず自分の髪の毛を手に取ってみる。

月野瀬でもよく目立つ、色素の薄い亜麻色の髪。

イジメられたことはないけれど、周囲と違うことが嫌であまり目立たないよう、普段は2つに纏めおさげにしているのみ。野暮ったい髪型ともいえる。眉間に皺が寄る。

『春希、もしかして嫌がるみなもさんを強引に撮ったりしてないよな？』

『し、してないよ！　……多分。さっき撮った後、無言でお風呂に行っちゃったけど』

『う～ん、はるちゃん、そういうところのデリカシーおにぃ並みにないしなぁ』

『ひ、ひめちゃんも！』

『春希は村尾さんを見習った方が良いと思うぞ。見た目詐欺の春希と違って、綺麗で大人しい印象そのままな上、ちゃんと礼儀正しい可愛らしい子だし、ぐぅたらな姫子と違って神社の手伝いも一生懸命で村のみんなに可愛がられている、本当、よくできた子だからな』

「んぇっ⁉　げほっ！　けほけほっ！」

沙紀は思わず現実で咽(む)せてしまった。

綺麗で可愛らしい——そんな隼人の沙紀を語る言葉に動揺を隠せない。しかし隼人の発言は止まらない。

『隼人ーっ、見た目詐欺って何っ⁉』

『おにぃ、あたしそこまでぐうたらしてないし、普通だしっ！』

『そのまんまだ、村尾さんを見習って春希はもうちょいお淑(しと)やかさを、姫子は生活面のだらしなさをだな』

『ぼ、ボクだって擬態を頑張ればちゃんと出来るし！』

『さ、沙紀ちゃんだってきっと普段の部屋は散らかっててベッドから手の届く範囲に色々あったりするよね⁉』

『あ、あはは……』

その後も続けて褒められれば、顔だけではなく耳の先まで熱くなってしまう。

（あ、あうう……）

沙紀の胸の中は、一足早くお祭り状態になっていた。無理もない。

今も手に持つスマホの画面では春希と姫子が『贔屓(ひいき)だ！』『あたしそこまでひどくないし！』という抗議の声を上げれば、『お前ら村尾さんを見習え！』という隼人の発言が飛び出し、これ以上なく頭が茹で上がる。だが決して悪い気はしない。

心はどうしたってふわふわしてしまい、ベッドの上で枕に顔を押し付けて足をバタバタさせて、いつまでもこの状況に身を委ねたくなる。

『ていうかおにぃ、さっきから沙紀ちゃんのこと褒め過ぎ。もしかして口説いてんの？』

しかし姫子が落とした爆弾によって、沙紀の時が止まってしまった。

あまりのことに意識は白く吹き飛んでしまい、その言葉の意味をすぐには理解できない。

（お、お兄さんが、私を口説いて……？）

心臓があり得ないほど早鐘を打つ。

『違ぇよ。そんなこと言うと村尾さんに迷惑かかるだろ、ったく』

『あ、それもそっか』

「っ！」

そしてすぐさま表示された隼人と姫子のやり取りに、自然と指先が動いた。

『別に迷惑とも思いませんよ。氏子さんたちの集まりとかでもよく「霧島の坊主とか婿にどうだい？　年も近いし働き者だぞ」と揶揄われたりしていますし、今更です。それに私、お兄さんが言うほどきちんとしていないかもですよ？　休日とかその、１日中部屋着で漫画とか動画見てゴロゴロと過ごしちゃうこともありますし、巫女服で村をうろつくのは着替えを何にするのか考えるのが面倒だからだし、それにあがり症なところもありますので、その、お兄さんに今までロクに挨拶も返せなかったと言いますか……』

それは照れ隠しもあって、沙紀史上最速の指の運びだった。

だけど打ち込む内容は目茶苦茶で、そんなこと言われて迷惑だという言葉を打ち消したいのか、自分はそれほど大層な人間じゃないと卑下したいのかわからない。

胸はドクドクと脈打っており、頭に血が上っている自覚もある。

今しがた打ち込んだ文字を読み返す。

すると脳裏に、ある少女たちの顔が過ぎる。

楚々とした可憐な容姿をしている春希、そんな彼女と並んでも遜色のないオシャレに気を遣い愛嬌のある姫子に、先ほど画像に上げられた色気と可愛さが同居した少女。

（うう、都会って春希さんだけじゃなく、さっきの方みたいに可愛い子がいっぱいいるのかなぁ……？）

沙紀の心に弱気が滲みだす。

『ん〜、それでも俺には村尾さんはしっかりしたいい子に思えるよ』

「……っ」

しかし次の瞬間、沙紀の心の色が変わる。

（お、お兄さんの期待を裏切っちゃだめだよね？）

隼人のそんな言葉によって胸に広がるのは、嬉しさとやる気、そして決意。

『あー、またおにぃ沙紀ちゃん口説いてるー』

『だから違ぇって！』

『ふふっ、そうやってお兄さんに褒められるのは嬉しいな。これからも褒めてもらえるよう、頑張りますね』

沙紀は「よぉし、これからも頑張るぞ」とばかりに胸に握りこぶしを作る。その後も姫子に揶揄われる隼人に、ツッコミを入れるのも忘れない。

やはり沙紀にとって隼人の言葉は魔法なのだった。

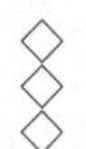

ベッドに腰かけていた春希は、スマホを手に茫然としていた。

胸の中には何とも言いようのない、もやもやとしたものが渦巻いている。

先ほどの姫子の言葉から始まる一連のやり取りが、目に焼き付いて離れない。

「沙紀ちゃんは……」

やたらと長文で、しかしやたらと早かった返事。

その言葉の端々から感じられる、戸惑いの裏にある喜び。

「春希さん、お風呂空きましたよ」

「っ！　あ、みなもちゃん」

そして声を掛けられたところで思考が中断され我に返り、みなもの家に泊まりに押しかけてきたことを思い出す。

みなもの部屋はところどころ木の温かみが感じられる、彼女らしい和風モダンといった落ち着いた部屋だ。室内はシンプルであまり物がなく、園芸に関する本が充実しているところが彼女らしい。ベッドはあるものの、今日は床に２つ布団を敷いてある。

みなもの機嫌はやたらとよかった。

湯上がりほっこりパジャマ姿で、まだ濡れた癖っ毛をぴょこぴょこさせながら、隣に腰をかける。

みなもにとって、誰かがお泊まりに来ることは初めてだったらしい。

あの後みなもの家に押しかけた春希は、近所でみなもによく懐いているコリーのれんとを一緒に散歩させたり、そのまま買い物にいって夕飯を作ったり、部屋に布団を敷いておしゃべりしたり、そんななんてことのない日常を一緒に過ごした。

みなもはそれが嬉しくて仕方がないらしく、顔と機嫌に表れている。

「夕方のれんとのお散歩で、また春希さんの髪を……春希さん？」

「あ、うん、お風呂ね！　齧られて舐められてべとべとだね！」

「……」

「あ、あはは……」

春希は神妙な顔をしていたのだろう。

誤魔化し笑いを浮かべるものの、みなもが心配そうな顔で覗き込んできた。

しばしの沈黙が流れる。

春希としてもなんとも言えないものだ。

だが自分のことを案じてくれているみなもの顔を見れば、少しばかりの弱気と甘えが顔を出し、スマホを握りしめ、自分の感情の整理も兼ねてとつとつと話しだす。

「そのさ、この間の例の子と、沙紀ちゃんと話すようになったんだけど、さ」

「確か隼人さんの妹さんの友達、でしたっけ。喧嘩でもしたんですか？」

「うぅん、全然、そんなことは。すっごく良い子だよ。良い子だから、その、ボク……」

「……」

「あー、自分でも何て言っていいのかわかんないや。あはは……」

「春希、さん……」

思ったことを吐き出してみたものの、感情を上手く整理出来ない。

みなもはただ、一緒に難しい顔を作って隣に寄り添ってくれている。

それが少しだけ心強い。

春希はそんなみなもを横目に、沙紀について思い巡らす。

初めて写真を見た時の第一印象は、とても綺麗で魅力的な笑顔の女の子。

とても眩しかった。

翻って、自分はどうだろう？

学校や外で浮かべるのは鏡の前で必死になって練習した、作り物の安っぽい笑顔。

本物と、偽物。

比べてしまうとそんな言葉が胸を縛り、軋ませる。

春希は女子の心の機微に疎い。

そもそも自分の気持ちでさえよくわからず、未だ確信に至っていない。

ある意味それは、人との交わりを意図的に避けてきた春希にとって当然といえた。

だけど沙紀の笑顔が、気持ちが、誰に向けられているかなんて、分からないほど鈍いわけじゃない。

まだ生まれたての幼い感情をじっくり育てたいというのが本音だが、そうも言ってはいられないかもしれない。ぎゅっと胸の部分のシャツを掴む。

「春希さん、イケナイことしましょう！」

「ふぇ!?　い、イケナイこと!?」

「そうです、イケナイことです！」

「え、えーと、みなもちゃん……？」

それまで春希の顔を覗き込んでいたみなもが突如立ち上がり、春希の手を引いた。

イケナイことをするという、言葉の意味もよく分からない。

だけどみなもは人懐っこい笑みを浮かべ、ぐいぐいと手を引きキッチンへ連れて行く。

そしてお鍋でお湯を沸かし、インスタントの袋ラーメンを取り出した。

ちらりと壁の時計を見れば10時半過ぎ。

夕飯はとっくに食べ終えているが、スープの素を入れてツンと食欲を誘う匂いが漂えば、くぅと小腹が鳴ってしまう。

「くすくす、こんな時間にラーメンだなんてイケナイことですよね」

「う、この時間にこの匂いは卑怯、まさに飯テロだよ」

「ふふ、全部食べるとさすがにちょっとなので、半分こしましょうか」

「あはは、そうだね」

そして2分半後、ダイニングテーブルの上では、鍋敷き（なべし）の上に置かれた鍋のままのラーメンが湯気を立てていた。

みなもはそこへバターの塊を落とす。

するとたちまち余熱で溶けていき、鶏（とり）ガラベースの塩味のスープの香りが際立って、強烈に食欲を刺激する。それだけでなく続けて生卵も投下すれば、白身が熱で徐々に白く固まり花咲かせていき、黄身が早く崩してくれとばかりにぷるぷると自己主張を始めた。

春希は今すぐ黄身を潰（つぶ）してむさぼりたい衝動に駆られるが、お箸（はし）を握りしめグッと堪（こら）える。自分だけじゃなく、みなもも居るのだ。

その様子を見ていたみなもは、にこにこと笑みを浮かべながら手を合わせた。

「いただきます」

「い、いただきますっ」

「私、黄身を熱いうちに潰すのが大好きなんです」

「あ、ボクも！　トロトロになったのを麺（めん）に絡めるのが好き！」

テーブルの中央にはラーメンの入ったお鍋が1つ。丼は無し。

どちらともなく黄身を潰し麺に絡ませ、そして直接鍋からずずずと啜（すす）る。

あまりお行儀がいい行為とは言えないだろう。

だけどこんな時間に食べるという背徳感もあって、やけに美味しい。身を乗り出しながら無言で箸を進めていく。

「美味しいですね」

「うん、こんな時間にだからってのも」

「やっぱり誰かと一緒だと、美味しく感じますよね」

「…………ぁ」

春希はみなもの機嫌の良さのわけを察した。

それはずっと1人で食事をとってきた春希自身にも覚えのあることで、今日衝動的にみなもの手を摑んだ理由でもある。

親しい誰かと食べることはとても温かく美味しく、楽しいものなのだ。

そう、隼人に教えられた。

だから春希は笑顔を返す。自分の希望を乗せて。

「じゃあ今度はボクん家に泊まりに来てよ。何なら試験期間中に勉強合宿しよ？　ボクん家のほうが学校近いし、ね」

「え……いいんですか？」

「当たり前だよ——だって友達じゃん」

「あ……ふふ、そうですね。じゃあお邪魔させていただきます」

「あは、ぜひぜひ。約束、だよ」

「はいっ！」

そして互いに顔を見合わせ笑いあう。

ありふれた友人同士のやり取りがそこにあった。

（友達——……）

ふと、沙紀のことを考える。

そして最近仲良くしている、友人とも言える少女。

月野瀬に居る、姫子の親友。

彼女は今、あの山里で1人なのではないだろうか？

春希は1人が、孤独が、とても心細いことをよく知っている。

一体どれほどの想いを込めて、あの笑みを浮かべたのだろう？

そこで不意に隼人の顔が浮かび、喉の奥に苦みが走る。

春希にとって友達は特別だ。家族より特別だ。

だから、友達の想いを応援したいという気持ちがある。

だというのに、友達という言葉がまるで呪(のろ)いのように心を蝕(むしば)み、ズキリと痛む。春希は

色々誤魔化すようにラーメンを呑(の)み下すのだった。

みなもと——同性の友達と笑みを浮かべながら。

第3話　アルバイト

終業式の日、その放課後。

校内の至る所から悲喜こもごもの叫びが響き渡っている。

それは隼人（はやと）たちの教室も例外ではなく、隼人は成績表を片手に眉（まゆ）をひそめていた。

「ふふ、隼人くんはどうでした？」

「……可もなく不可もなくだよ」

「そうですか。こちらは学年1位ですよ、1位。私の勝ちですね！」

「はいはいそうですね、って別に勝負してないだろ？」

「私が勝ったから、隼人くんには何してもらおうかなー？」

「何もしねえ！」

「えー？」

期末試験そのものは、隼人は若干の戸惑いを覚えながらもこなしていった。

転校後初めての試験ということもあり、それなりに気合いも入れたし結果も悪くはない。

眉の皺の原因はその結果ではなく、隣の席でドヤ顔をしている春希である。

普段から身近におり、そしてよく悪ふざけをしたりポンコツな姿を見せているものの、二階堂春希は文武両道、大和撫子な優等生である。

このように、さも当然のごとく学年1位を取ったと言われても、どこか詐欺にあっているかのように錯覚してしまう。

「ちなみに隼人くんは何位でした？　見せてもらいますね、っと！」

「あ、ちょっ、おい！」

春希はその無駄に良い反射神経で、隼人の一瞬のスキを衝いて成績表を取り上げる。そしてそれを見た後、困った顔で眉を下げた。

「……その、ごめんなさい」

「待て、なんで謝る！　決して悪い成績じゃないだろ⁉」

「ええっとその、僅差で私に負けてるとか、目も当てられないほど悪いとか、理数系と文系で両極端だとかそんなエンタメ性が皆無で……」

「アホか！　そんなものを求めるな！」

ちなみに隼人の成績は251人中106位である。全体的に見て平均かそれより少し上の成績であり、本人の言う通り可もなく不可もない。

むしろ良い方だが、特筆すべき点も無く面白みが無いのも確かである。

「へぇ、１０６位って、転校してきたことを考えると結構いいんじゃないかな？　ちなみに僕は１２２位、負けちゃった。てことは隼人くんに何かされちゃうのかな？」

「む、海童！」

「一輝……何もしねぇよ、というかしたくねぇよ」

いつの間にかやってきた一輝が、ひょいとばかりに春希の手にある隼人の成績表を覗き込んでいた。

春希はうげぇと身を捩り、一輝への不機嫌を隠さず隼人に成績表を突き返す。それを見た一輝は、ますます笑顔をにこにこと輝かせる。むすーっとした春希が一輝に突っかかるも、さらりと受け流される。

今も「勝手に覗くなんて変態！」「無理矢理奪い取るのはいいの？」「ぐぬぬ……っ」と言い合っており、隼人は呆れた目でため息を零す。

ここ最近、すっかりお馴染みになっている光景でもあった。

それに対する周囲の反応は少しばかり複雑である。

原因は先日の一輝から春希への告白。

春希は断っているものの、傍目には仲が良さそうに見え、しかしその間にはっきりと隼人が挟まっていた。

今も耳を澄ませば「フッたフラれたって割りには仲いいよね」「2人して霧島くんを取り合ってる？」「海童くんのカモフラ……」といった囁き声が聞こえてくる。

隼人は少々複雑な心持ちになるが、まぁ悪いようには思われていないらしい。

ガリガリと頭を掻いて気持ちを切り替え、ぎゃいぎゃい言い合う2人の間に割って入った。

「はいはい、何やってんだお前ら。それよりも明日から夏休みだな？」

「あ、そういえば夏休みですね。隼人くんは何か予定立ててます？　私は真っ白だけど」

「僕は部活かな？　あ、プールの日は空けておくけど、いつか決まったかい？」

「そういやまだ聞いてないな」

「私、まだ水着買ってないですね。可愛いデザインのになると途端に高くなったり……布地面積は少ないのに」

「ははっ、デザイン料込みだからだろうね」

隼人たちが顔を見合わせていると、プールの言い出しっぺでもある伊織がへらりとした感じで手を上げて近付いてくる。

「よぅ隼人、今日この後は暇か？」

「特に何もないな。打ち上げか何かするか？」

「あぁいや、それもいいんだが、ええっとな……ちょっと今回成績がヤバくて……」

「……伊織？」

だがいつもと違ってどこか切れが悪い。

成績が振るわなかったという話だが、要領を得ない。

どうしたことかと首を傾げれば、いきなり伊織はパンッと手を合わせて拝んできた。

「すまん！　補習のある日、オレの代わりにバイト出てくれないか!?」

「バイト？」

「あぁ、７月中だけでもいいんだ、頼む！」

「あーいや、その……」

ここまで必死に頼まれれば、隼人としても断り辛い。

それに元からバイトには興味があった。

「俺でも大丈夫なのか？　バイトなんてしたことないし……それにどういう内容なんだ？」

「飲食店の調理補助とちょっとした接客だな、そんな難しいもんじゃない。確か料理とか得意じゃなかったっけ？」

「あぁ、おかんっぽい隼人くんにはぴったりかもしれないね」

「っ！　ぷふっ、おかん……っ！」

「……おかんぽいって何だよ。まぁ調理はそれなりには出来るけど、あくまで我流だぞ？」

一輝がそう揶揄えば、春希は思わず吹き出し肩を震わせる。

隼人がジト目で睨むも、一輝はにこにこと笑顔で肩をすくめて受け流し、春希はそっと目を逸らすのみ。そして隼人は大きなため息を1つ。

（……まぁ最近、出費続きだったからな）

色々と悩むことはあった。田舎者なので人に慣れておらず接客には向かないと思うが、だが表に出ない調理補助ならばと思い直す。そして伊織に向き直る。

「わかったよ、俺で良ければやらせてもらう」

「悪ぃな！　早速今日からでもいいか？」

「それは構わないけど……肝心の店ってどこだ？」

「こっから電車で2駅先にある『御菓子司しろ』って和菓子屋、そこに隣接してるイートインの純和風の喫茶店だ」

「ん、あぁ、あそこか」

「お、知ってるのか？」

「場所だけな」

そう言えばと思い出す。伊織が言ったのは隼人の母が入院している病院の最寄り駅であり、そこの近くに時折行列の出来ている和菓子屋が記憶に残っていた。

駅からは少し離れたところにあるものの、歴史が古そうな純和風の大きな店構えで、落ち着いた雰囲気の如何にも老舗といった感じの店だ。

まだまだ都会の華やかなものに慣れない隼人は、あそこならばと安堵のため息を吐く。

そこへ春希が「あ！」と声を上げる。何かに気付いたとばかりに目を大きく見開き、伊織に詰め寄った。

「御菓子司しろ……あそこってもしかしてあの、矢羽袴の制服が可愛いところの⁉」

「矢羽袴……あぁ、あそこか。僕のクラスでもよく女子が話題に出してることがあるね」

「おぅ、制服だけじゃなくて女の子のレベルも高いぜ？」

「伊織、お前その言い方……」

春希はやたらとそわそわしていた。

隼人と伊織の顔をしきりに交互に見て「あそこの制服っていくつかのパターンがあるんだよね」と呟けば、何を考えているかはよくわかる。そんな女の子らしい反応をされれば、何て言っていいかわからない。

とはいうものの今回誘われたのは隼人であり、その業務は調理補助だ。

少し迷ったものの、春希に話を振ってみた。

「春希、バイトに興味あるのか？」

「バイトというか制服に、だね」

「制服、ね」

「そりゃボクだってね、可愛いと思われたいって気持ちも少しはあるのですよ」

誰に、とは言わなかった。

いつもと同じ悪戯（いたずら）っぽい笑みを浮かべるがしかし、その頬はほんのりと赤くなっている。

思わずドキリとしてしまう。それを誤魔化すようにそっぽを向いて頭を掻（か）く。

その様子を見ていた一輝が、にこにこと笑顔を輝かせた。

「隼人くん、可愛い女の子と知り合えるチャンスかもね」

「お？　隼人、ナンパはいいけど仕事中は止めてくれよ？」

「むっ！」

「そ、そんなことしねぇよ、勘弁してくれ」

そして伊織と一緒になって揶揄えば、あからさまに春希の顔が不機嫌に変わる。

隼人は勘弁してくれとばかりにため息を吐く。

「しかし意外だったな、伊織がそんなところでバイトしてるだなんて」

「ははっ、オレだってそう思う。ま、実際自分ん家じゃなかったら手伝いでバイトなんかしてなかったと思うわ」

「……は？　自分ん家……えっ!?」

「てわけで可愛い女の子はヘルプじゃなくてもいつだって大歓迎だぜ、二階堂さん？」

「ふぇっ!?」

　そう言って伊織はイタズラが成功したかのような顔で、驚く隼人と春希に対して片目を瞑るのだった。

　御菓子司しろは天保年間創業、１８０年以上の歴史を誇る老舗の和菓子店である。

　そこの制服は、矢羽柄の小袖に袴、そしてフリルの付いた前掛けエプロンという、大正女学生風のレトロな感じの、特徴的で可愛らしいものだ。また、袴をスカート風にした現代風のアレンジバージョンもあり、女子の間ではよく話題になっている。

　当然春希も何度かその話を振られたことがあった。

可愛いけれど着る人を選ぶ、スタイルが悪い人が着れば制服が台無しになる、和風のデザインということもあって靴選びが大変、といった可愛いけれどその分大変だというネガティブな意見もよく耳にしている。

そのことを考えると、つい勢いでバイトをすると言ったものの、少し尻込みしてしまう。

「ううぅ……」

御菓子司しろの1階奥、そこにある6畳間女子更衣室兼休憩室の和室で、春希はバイトの制服を手に眉をハの字にしながらうめき声を上げていた。

和装のその制服は噂以上に本格的だった。本格的過ぎた。

着物どころか浴衣さえ着たことの無い春希は、どうしていいかわからない。

「えーっと大丈夫、二階堂さん？」

「あ、あはは……大丈夫じゃないかも、その……」

「着付け、手伝おうか？」

「お、お願いシマス」

そんな春希に助け船を出したのは、一足先にバイトの制服に身を包んだ、クラスメイトであり、伊織の彼女でもある伊佐美恵麻だった。

スラリとしており明るい色のショートボブの髪型は活発的で愛嬌がある印象を伝え、

制服にも良く似合っている。着慣れている感じもあり、伊織との付き合いの深さが窺い知れる。

ちなみにここまで案内してくれたのも彼女だ。ここでバイトしているらしく、案内も着替えも色々と手慣れた様子だった。

伊佐美恵麻に促され、春希はブラウスの３つ目のボタンを外したとき、ハッと何かに気付いて手が止まる。

「……？」

伊佐美恵麻は首を傾げる。

春希が頬を赤らめ上目遣いで窺ってくるも、その理由がわからない。

確かに同級生にまじまじと見られながら脱ぐのは抵抗あるかもしれないが、しかし着替えなど普段から体育の時に目にしている。今更何故ここまで恥じらうのだろうか？

春希は躊躇い恥じらいつつも、するすると肩から上着を滑らせていく。

ブラウスが床に落ちるのと、伊佐美恵麻がゴクリと喉を鳴らすのは同時だった。

赤だった。

情熱的な赤だった。大人びた色彩とデザインであるが、ところどころ黒のレースとフリルのリボンが可愛らしく踊っており、エロさと可愛さが見事に同居している。

もちろん上下お揃いで、普段学校で見掛ける春希の楚々とした様子とのギャップも甚だしい。もちろん体育の着替え等を通じて、今までそんなものを着用しているのは見たことがない。

「あ、あの……」

「うぇっ⁉ あ、あぁうん、着替えね！ ええっとまず袖を通してお端折りを作って、腰ひもで形を整える！ 帯も半幅で基本は浴衣と一緒よ！」

「わ、私、浴衣も着たことなくて……」

「帯の形は基本的に袴で隠れるから結構いい加減で大丈夫、直ぐに覚えられるよ！」

「うぅ、難しい……上手く出来るようになるまで、お願いしていいですか……？」

「っ！ お、おぅ、恵麻おねーさんに任せなさい！ 袴はヘラが付いてる方が後ろで、帯に差し込んで――」

「こ、こうですか？ 可愛いけれど、着るのってすごく大変……」

伊佐美恵麻は戸惑う春希を瞬く間に着付けていく。

その顔は悟りを開くかのごとく無心を心掛けている。

そうしなければならないほど先ほどの春希の表情や仕草は可憐で、「あ、わし、女の子でもいけるかも……って、いやいやいや、彼氏いるし⁉」と心の中で妙なツッコミを入れてしまう程度にやられてしまっていた。

「髪もついでに纏めちゃおっか、飲食店だしね」

「あ、お願いします。伊佐美さん、随分手慣れているんですね」

「あはは、実は伊織とは腐れ縁の幼馴染でさ、中学の頃から急なヘルプとかで手伝ってたの。もちろん、おじさんたちからお小遣いって名目でバイト代も貰ってたしね」

「幼馴染……」

「よし、これで完成っと！」

「…………ぁ」

　伊佐美恵麻は着付けの終わった春希の背中を姿見の前へと押す。

　御菓子司しろの制服姿になった春希は、呆けた様子でまじまじと自分の姿を見つめ、ほうと熱い息を漏らしてはにかんだ。

　紺の矢羽模様に海老茶色の袴、それに赤い前掛けエプロンは、レトロな感じがして可愛らしいものだ。長く艶のある髪は動きやすいようポニーテールに結われ、それもよく似合っている。着付けた伊佐美恵麻も、ご満悦な表情でうんうんと頷く。

　しかし春希は次第に眉を寄せ、不安気な——そして伊佐美恵麻には到底理解出来ない言葉を漏らす。

「ボク、ちゃんと女の子に見えるかな？」

「………は？　いやいやいや、何言ってんの、というか他の女子に喧嘩売ってる⁉」

「みゃっ⁉」

わけがわからなかった。

伊佐美恵麻はがくがくと春希の肩を、何言ってんだとばかりに物凄い形相で揺さぶる。

今の春希は和装の落ち着いた雰囲気と、それでいて給仕として活動的な様相で、いつもと違う魅力にあふれている。店に出れば売り上げアップは間違いないだろう。

ふざけるなと言いたげな伊佐美恵麻の据わった目で見つめられ、たじろいだ春希は逡巡するも一瞬、おずおずと言い訳するように弱音を零した。

「ええとボク、昔はすごくお転婆というか悪ガキでしてその、ひめちゃん……幼馴染の子に男の子だと思われてたのです……」

「へ？　ひめちゃんって、例の幼馴染の子？」

「それだけじゃなくて先日、ひめちゃんのお母さんにも男の子だと思われててびっくりされて、その……」

「…………なるほどね」

伊佐美恵麻はゆっくりと大きな息を吐き出し、ある程度の事情を理解した。それはかつて自身も覚えのあるものだったからだ。

それもあって、今も不安気に瞳を揺らす春希を見れば他人事だと思えず手助けしたくなる。

一輝の件があるものの、表面上のことはともかく、春希が隼人に特別な感情を抱いているだなんて、ここ最近の彼女を見ていれば少し勘の働くものならば察することが出来る。

必死に周囲に取り繕う様は見ていて微笑ましいし、きっと彼も幼馴染なのだろう。

（そういえば……）

春希がしばしば自慢気に周囲に見せていた幼馴染の女の子。彼女も隼人との知り合いなのだろう。スラリとしていて人懐っこそうな、随分と可愛らしい女の子だった。

あれはきっと、強力なライバルだ。

伊佐美恵麻はよし、とばかりに気合いを入れて、恥ずかしさからどうしようかと迷っていたことを決意する。

「二階堂さんさ、一緒に可愛くて似合う水着を選びに行こう！」

「へ？　水着、ですか？」

「あれ、今度プール行くかどうか誘われてない？」

「あ、はい。誘われていますけど……」

「恋は戦いよ！　他の子に負けないようなとびっきりの戦闘服（水着）を選んで意中の相手を仕留めちゃお？　ね？」

「こ、恋⁉　べ、別にそういうのじゃ、ボクはただその、特別に……あうぅ……」

「いいからいいから！」

「……は、はい」

そして意気込みも新たになった伊佐美恵麻は、戸惑い歯切れの悪い春希の背中を押して、休憩室の扉を開ける。

「あ、それからこのバイトも結構な戦場だから」

「みゃっ⁉」

扉の向こうでは、半ば怒声となったオーダーを叫ぶ声が飛び、厨房（ちゅうぼう）に居るはずの隼人も忙（せわ）しなく客席との間を行き交っている。

そこも確かに、春希の見たことのない戦場だった。

「だ、大丈夫かな……？」

「やるだけやるしかないっしょ、さぁさぁ！」

不安気に呟（つぶや）く春希に、伊佐美恵麻は大丈夫とばかりに笑顔をにっこりと向けるのだった。

春希が戦場へと突入した丁度同じころ。

「終わったー！」

期末試験の終了を告げるチャイムと同時に、姫子（ひめこ）は解放感から両手を上げて喜びの声を上げていた。

「霧島ー、気持ちはわかるが答案用紙を集めさせてくれー」

「うっ、すいません……」

周囲からくすくすと笑いが零れ、姫子は恥ずかし気に縮こまる。皆（みんな）の目はいつものことと微笑ましい。

そして答案用紙を集め終えた教師が出て行けば、教室は歓声に包まれた。

姫子が先走ってしまっただけで、受験生とはいえ皆も期末試験からの解放は喜ばしいものなのだ。今日この時ばかりはと、遊びの算段をつける話題が各所で繰り広げられている。

そんな空気の中、鳥飼穂乃香（とりがいほのか）はいつもの顔ぶれと一緒に姫子の席へとやってきた。

「姫子ちゃん、この後って暇？　皆で打ち上げに行こうって話してるんだけど」

「打ち上げ⁉　打ち上げってテスト終わってお疲れ様だーってやるあれ⁉　いくいく！」

姫子はその提案にすぐさま飛びついた。正確には打ち上げという単語に飛びついた。

同世代が極端に少なかった月野瀬で打ち上げといえば、祭りや集会の後に大人たちが集まっての宴会であり、お子様である姫子には縁が無い。学生同士の打ち上げというのは漫画やアニメといった物語の中の出来事だった。

目をキラキラとさせる姫子に、穂乃香たちは頬を緩ませながら打ち上げ場所について語っていく。

「ね、どこいくの？　カラオケ？　あたしファミレスのいいお店を知ってるよ！」

「あはは、ファミレスのいい店って。それはそうとね、老舗の和菓子屋さんで『御菓子司しろ』っていうお洒落なお店があるの」

「デートスポットでも有名だよ」

「今ならくずきりとか水まんじゅうとかこの季節ならではのものが狙い目！」

「他にも練り切りとか錦玉とかも、見た目もすごく華やか！」

「あと何よりあそこ、制服がちょーかわいいんだよねー」

「老舗でオシャレで制服がかわいい!?」

田舎ではまず聞くことがないお店に対するフレーズを耳にして、姫子のテンションはどこまでも高くなる。

早く行こうとばかりに鞄を手に急かす姫子を見て、皆はにこにこと見守りながら準備をするのだが、ふと穂乃香は「あっ！」という声と共に眉を寄せた。

「どうしたの？」

「そのお店1つ大きな問題があってさ、人気の店だから結構並ぶことがあるんだよね」

「行列が出来るの⁉」

「う、うん」

「そっかぁ、行列の出来るほどの人気のお店なんだぁ！」

ただいま夏真っ盛り、炎天下に並ぶというのはなかなかに気を重くさせるものである。

穂乃香だけでなく他の女子もああそうだったと表情を苦いモノへと染めたが、しかし姫子だけは別だった。

行列のできる人気店――それは月野瀬では絶対に縁のないものであり、姫子にとってはテレビや情報記事の中だけの幻の存在と等しい。姫子の瞳が一層輝きを増す。

「うんうん、そうだった。霧島ちゃんだった」

「姫子ちゃんはこうでないとね」

「よーし、おねーさんたちが白玉あんみつ奢っちゃうぞー！」

「え、あれ、皆……って、あんみつもあるの⁉」

そんな姫子の姿を見て、穂乃香たちは表情を緩めるのであった。

御菓子司しろは姫子たちの中学校から電車で2駅離れた街にある。

電車を使えばすぐなのだが、姫子達は徒歩を選んだ。女子中学生のお小遣いは有限で、その天井は高くない。それにお喋り（しゃべ）りしながらなら、それほど長く感じる距離でもない。

「はぁ……夏休みが楽しみなようで楽しみじゃない……」

「そんなこと言うなし、でもわかるー。塾とか夏期講習だとかで潰（つぶ）れちゃうしねー」

「受験生だから仕方ないけど、どっかで息抜きは必要だよー」

「あ、あはは……」

受験生である姫子たちにとって、夏休みの話題は愚痴が混じりやすい。

塾も夏期講習も何の予定も無い姫子は愛想笑いを浮かべながら、「どうしようあたし何もそういうのしてないけど⁉」と焦りながら目を泳がせる。

そして視線が泳いだ先に、ふとここからでもよく目立つ白亜の巨大な建物が——が見えた。思わず息を呑（の）む。

（な、何食べようかなーっ、和菓子って向こうじゃ草餅（くさもち）ばっかだったから、都会っぽいの食べたいよね）

一瞬表情をこわばらせた姫子は大きく頭を振り、必死にこれから行く場所のことに思いを馳せる。

「霧島ちゃんは何か予定――……霧島ちゃん？」

「へっ⁉　あ、うん、あたしはわらび餅とかくずきりとか、ひやっするっとしたのがいいかなーっ！」

「あはは、そっち考えこんじゃってたかー。そうじゃなくて、夏休みの予定は何かあるかなって」

「え、あ、そっちね！　うーん、迷ってることもあるけど、月野瀬に帰るのは確定かな？　友達が巫女さんでさ、お祭りで舞うのを応援しなきゃだし」

「巫女さん⁉　マジでそれ、すごくない！」

「神社の娘だからねー。あ、画像もあるよ、はいこれ」

「……ふぉっ⁉　綺麗……って、肌白っ！　もしかしてこれ地毛⁉」

「ちょっ、あーしにも見せてよ！」

「え、なにこれうちらと同い年⁉」

どうやら考えごとをしているうちに話題が変わってしまっていたらしい。

慌てて話題を里帰りと沙紀のことへと振れば、穂乃香たちに思った以上に食いつかれた。

そして親友が綺麗やすごいなどと褒めそやされると、姫子も釣られて鼻が高くなる。思わず続けて、こんなにもいい子なんだぞと、色々と熱弁を振るう。

「――でさ、おにぃったらデリカシーがないもんだから、いつも沙紀ちゃんはあたしの後ろに隠れちゃうし、祭りでも褒め方が雑だからか知らないけど直ぐに引っ込んじゃうの。その一方で沙紀ちゃんはグルチャでもおにぃの作った料理を褒めたりアドバイスもしたり、気を遣って色んな話題も振ったりしててさ、良く出来た子だよー」

そしていつしか沙紀と兄を比較する愚痴へと変わっていく。デリカシーが無い、身だしなみに気を遣え、朝起こすとき乱暴だ、おにぃは沙紀ちゃんを見習え、と。

穂乃香たちはそんな姫子を信じられないとばかりに目を見開いていき、そしてツッコミのごとく思いを零す。

「え、姫ちゃんそれマジで言ってるの？」

「さ、沙紀ちゃん健気過ぎる……」

「お兄さんもお兄さんで……って、何でもなにも、霧島ちゃんの兄だったわ……」

「ったく、この兄妹は……」

「え、あれ、みんな……？」

少々予想と違った反応に、姫子は首を傾げてしまう。

よくわからないが呆れている様子が伝わって来て、とりあえず兄への不満に同調してもらったのかなと納得することにして先を目指す。

そして間近まで迫っていた目的地はすぐにわかった。

「わぁ！」

「あっちゃー、やっぱ並んでるねー」

「この時間だし、うちらみたいにお昼代わりにするつもりの人も多そう」

駅前から少し離れた商店街の外れ、そこに大きな古民家風の店があった。

純和風の店構えの御菓子司しろは独特な店構えだけでなく、表に20人ほどの行列が作られていれば、それはよく目立つ。

「ねね、最後尾あそこかな⁉　あの人の後ろに並べば――」

「あれ、姫子ちゃん？」

「――え？」

今にも駆け出しそうになっている姫子を呼び止める者がいた。若い男の声だ。

引っ越して日の浅い姫子の知り合いは少ない。誰だと思って訝し気に振り返れば、列に並ぶ女性陣も思わず振り返ってしまうほどの背の高い爽やかなイケメン――一輝がいた。

一輝がにこやかな笑みを浮かべながらひらりと手を振れば、姫子はにぱっと笑顔を咲かせて一輝に駆け寄る。

人見知りの激しい姫子であるが、一度懐に飛び込ませた相手にはすぐに懐く。

先日一緒になって遊んだ時も、隼人と違って細やかなところに気付き、紳士的な態度も好ましかった。

「一輝さん！」

「やぁ姫子ちゃん、奇遇だね？　僕もちょっとお店の様子を見に来たくなって」

「あたしはクラスの皆と打ち上げに……あれ、一輝さんお1人ですか？　混んでるし、一緒に入りません？　それに早く並ばないと！」

「え、いや僕はっ」

「穂乃香ちゃんたちもいいよねー？」

姫子は一輝の返事を待たず、強引にその手を取り穂乃香たちの前へと連れて行く。

その顔は思わぬところで知人に出くわして嬉しいのか、にこにこ笑顔だ。

一方穂乃香たちは色々と置いてけぼりになっているこの状況に、口をあんぐりと開けていた。

当然だ。一輝は今この瞬間も周囲の女性たちから、ちらりと熱い視線が送られているほどのイケメンだ。だが姫子本人からは彼への恋慕の念は感じられない。

特に穂乃香は先日撮影した映画館前での痴話喧嘩と思しき写真について、姫子を弄ろうとしていたこともあり、ますます混乱し目を回す。

そんな中、一輝は肩を竦めながらため息を1つ。そしてしみじみと呟くのだった。

「姫子ちゃんってさ、本当、隼人くんの妹だよね……」

「むっ、それってどういう意味ですかー？」

不満げに唇を尖らせる姫子に対し、一輝は苦笑でサラリと受け流す。

なんだか子ども扱いされたと感じた姫子は、ほっぺを膨らませて抗議する。

よくわからない状態だ。

だが何となく穂乃香たちは一輝の呆れ具合に同調し、まだ見ぬ沙紀に対してこれまでの苦労を偲んだ。


何もせず、ただ立っているだけで汗の噴き出す炎天下。

そんな厳しい暑さも御菓子司しろの人気を陰らせるには至らない。

それは姫子や穂乃香たちも例に漏れなかった。

彼女たちはひとたび姫子に紹介された一輝に質問の嵐を浴びせ、そして彼はさらりと答えながら列に並んでいる。

「霧島ちゃんのお兄さんの友達なんですね！　てことはうちらの1こ上かぁ」

「ぐぬぬ、出身は全然知らない中学……遠くから通ってるんですね。あの高校、なんだかんだでこの辺随一の進学校で偏差値高いからなぁ」

「部活はサッカー部……でも姫子ちゃんのお兄さんは園芸部だし……あれ、どうやって知り合ったんですか？」

「隼人くんはほら、姫子ちゃんのお兄さんだから目が離せなくて、と言ったらわかるかな？　姫子ちゃんとは街でお兄さんと一緒にいるところを見かけて遊んだのが切っ掛けなんだ」

海童一輝はよくモテる。

爽やかで人好きのする笑顔、スラリと背が高く部活で鍛えられた引き締まった身体、そして人を不快にさせない話術。初対面で嫌われる方が難しい。話も盛り上がっていく。

話題は必然、一輝と姫子のことに向けられていた。

転校してきた少し抜けているけれど純朴な美少女と、都会で出会って仲良さげにしている兄の友人だというイケメン。

娯楽が制限される中学3年生(受験生)の、そして年頃の乙女である彼女たちにとって、こんな色めき立つような話を放って置けるはずもない。

やがて女子の集団ということもあって気が大きくなったのか、穂乃香たちの質問はどんどんと遠慮が無くなり踏み込んだものになっていく。

「海童さんは今、彼女さんとかいるんですか？」

「っ！　い、いや今はいないかな……その、部活が忙しいし……」

それは一輝が見せた隙だった。穂乃香たちの好奇心の火に油を注ぐ言葉でもあった。

「今は、ってことは、以前は居たんですね⁉」

「どんな子と付き合ってたんですか⁉　綺麗系、可愛い系⁉」

「次彼女にするとしたらどんな子が好みです⁉　あ、年下ってアリですか⁉」

「えぇっとその、今は当分そういうのはいいかなぁって、それよりも……」

攻め立てるかのような穂乃香たちの反応に、一輝の顔が迂闊だったと苦々しくひきつってしまう。

この手の話を苦手とする一輝は必死に否定し流れを変えようとするも、「えぇ、もったいない！」「でも海童さんってすごくモテますよね」「お試しとかもありだと思うんです！」といった言葉が返って来るだけでうまくいかない。

一輝は困った表情を浮かべながら、その中で彼女たちの話題に入ってこず、１人神妙な顔をしている姫子に気付く。

そして穂乃香たちも目線をずらした一輝の先を追えば、場違いともいえる表情をしている姫子に首を傾げる。

「姫子ちゃん、どうしたの？」

「……へ？　あ、うん。ちょっとアレを見てさ……」

「アレ……？」

姫子が指差したのは店前にあるのぼり旗。

そこには大きく『かき氷はじめました！』という文字と共に、涼やかな濃緑の宇治金時の絵が躍っている。

「せっかく和菓子屋さんに来たんだからさ、隣にあるぷるぷるした納涼セット抹茶付きの方がって思う一方で、この暑い日に食べるかき氷も絶対に美味しいと思うんだよね。でもかき氷なら別に和菓子屋以外でもって考えるとぐぬぬってなっちゃってさ……」

姫子の顔はひどく真剣だった。

先日ダイエットに成功したばかりということもあって、両方を頼むという選択肢は無い。

そもそもお小遣い的にも厳しい。表情がより一層険しくなる。

姫子は姫子らしく、どこまでも花より団子だった。

そんな姫子に呆気にとられる穂乃香たちの隣で、一輝はくつくつと肩を震わせる。

「もぅ、何なんですか一輝さん！」

「ははっ、何でもないよ。ほら、僕たちの順番が回ってきたようだ。店に入ろう？」

「むぅ〜〜〜っ！」

にこにこと機嫌の良(い)い笑みを浮かべた一輝は、宥(なだ)めるようにして姫子の背中を押す。

ぽかんと立ちつくしていた穂乃香たちであったが、慌てて2人の後を追いかける。

目ざとい彼女達は一輝の姫子を見る目が、自分たちを見るそれとは違うものであるということにも気付き、無言でそわそわとしながら頷(うなず)きあう。

一方姫子はまたも子供扱いされたとばかりに唇を尖らせる。そして店内に入ると、そのふくれっ面を驚愕(きょうがく)の色へと塗り替えた。

「いらっしゃいま——」

「はるちゃん⁉」

「——ひめちゃん⁉」

姫子は出迎えてくれた店員——春希と顔を合わせるや否や互いに指を差し合い、金魚の様に口をぱくぱくとさせる。

そんな姫子と春希の姿をにこにこと眺める一輝。そして穂乃香たちはその店員(春希)の姿に目を大きく見開いていた。

楚々とした可憐な相貌に結い上げられた艶のある長い髪は、御菓子司しろの制服である矢羽袴に良く映える。まるで彼女の為にあつらえたかのようだ。

あまりに似合っているので店に入った瞬間、まるで映画かドラマの世界に入り込んだのかと錯覚してしまった程だ。

だが穂乃香たちの驚きはそれだけじゃない。

「ど、どどどうしてはるちゃんがここに⁉　って、その制服すっごく可愛いんだけど！」

「今日いきなりヘルプで……制服、変じゃないかな？」

「うんうん大丈夫、ちゃんと女の子に見えるよ。中身がバレなきゃ大丈夫！」

「ははっ、二階堂さん猫被るの得意だし、心配無いんじゃないかな？」

「むっ、海童！　どうしてここにいる、って、もしかしてひめちゃんを誑かしたの⁉」

「あはは、一輝さんとはそこでたまたま出会ったんだよ。だからついでにって」

「そういうことさ……って、痛っ！　踏まないでよ店員さん！」

「ぐぎぎ……」

穂乃香たちの目の前では姫子と春希、そして一輝の気の置けないいかにも仲良さそうなやり取りが繰り広げられていた。特に春希が一輝に足で攻撃しているのに動揺を隠せない。

思わず姫子の手を引き周囲を取り囲む。

「ちょっ、姫子ちゃん！　あの二階堂先輩と知り合いだったの⁉」

「成績、中学の3年間ずっと1位で全国模試も上位でスポーツも万能であの容姿！」

「去年までうちの中学じゃ知らぬ人のない……っていうか、えぇっ、あの先輩が踏んでる⁉」

「え？　え？　二階堂先輩……はるちゃんのこと？　有名人？　どういうこと⁉」

穂乃香たちは興奮状態だった。

鼻息荒く目は血走っており、さすがの姫子も後ずさるも囲まれており逃げられない。

二階堂春希は有名人である。

それは春希が去年卒業した中学校でも同じであり、しかも穂乃香たちに在学中見せなかったような姿を目の前に晒しているのだ。息巻くのも無理はない。

「お客様、奥の方の席が片付きましたのでそちらの方へどうぞ！　おい、春希！」

「あ、はい！　んんっ！　ではご案内します、こちらへ」

そこへ若い男の叱咤の声が響く。

我に返った春希は一瞬バツの悪い顔を作るも、慌てて気を取りなおして職務に戻る。

穂乃香たちもようやくそこで目立っていたことに気付き、気恥ずかしそうについて行く。

その中で、姫子だけがまたもや驚きの声を上げていた。

「どうしておにぃまでここに居るのっ⁉」

「「「っ⁉」」」

姫子が指を差す先には甚平に前掛けエプロンに三角巾がやけに似合う男性店員――隼人がやれやれとばかりに頭を掻いており、春希が助かったとばかりに頭を下げる。

穂乃香たちは新たに追加された情報に互いに目を合わせ驚き、一輝はくつくつと笑いを堪え、肩を震わせていた。

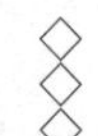

御菓子司しろのイートインスペースは漆喰の塗られた黒い柱と梁、そして白い壁が特徴的な落ち着いた雰囲気のある内装である。

だがそんな雰囲気の内装とは裏腹に、春希は多忙さからてんてこ舞いになっていた。

客から注文を取る。それを厨房に伝える。出来上がったものを席へ運ぶ。

仕事としては単純ではある。だが捌く数が多い。

「お、オーダー入ります！　6番さんクリームあんみつ1、くずきりパフェ2！」

「はいよ、こっちも色々出来上がってる！　団子食べ比べセットと納涼セットが1番さん、クリームあんみつ2つが4番さんな！」

「へっ……う、うん、わかった。ええっと1番さんは……」

「1番は窓際のテーブルね。それは私が持っていくから、二階堂さんはカウンターの4番さんお願い！」

「は、はいっ！」

目が回る忙しさだった。

初めてのバイトということだけでなく、研修どころかロクな説明も無いままで実戦投入である。幸か不幸か、春希にはそれをこなすだけの能力があった。

しかし学校の教室ほどの広さのある28席の店内を回すのに、春希と伊佐美恵麻の2人だけではどう考えても手が足りていない。必然的に隼人もちょくちょくフロアに顔を出す羽目になっていた。

クリームあんみつ片手にちらりとフロアを見れば姫子の姿が目に入る。

(ひめちゃんもう、あんなに友達出来たんだ……)

先ほど店に訪れたのは驚いた。一輝と一緒だったからなおさらだ。思わず、はぁ、とため息が出てしまう。

その姫子はといえば、先ほど注文をしたばかりだというのにメニューを眺め、うーんとばかりに真剣な表情をつくっている。そんないつもと変わらぬ様子を見れば、強張っていた春希の口元も緩む。

そして視線を横に移せば姫子の同級生たちに質問攻めに遭い、にこにこといつもの笑みを浮かべる一輝の姿。緩んだ口元が引きつっていく。

「大丈夫、二階堂さん？」

「っ！　あ、うん、大丈夫。と、4番カウンターさんだったね、すぐに行ってくる！」

「……あ」

ぼうっと立ち呆けてしまった春希は、伊佐美恵麻に声を掛けられ我に返り、慌てて笑顔を作ってフロアに戻るのだった。

伊佐美恵麻は、ふぅ、と色んな意味の込められたため息を吐いた。

調子を取り戻した春希は愛嬌を振りまきフロアを飛び回っている。初めてとは思えない堂に入った姿だ。仕事の呑み込みも早い。男女問わず視線を集めるのも当然だろう。嫉妬も湧かない。

そして伊佐美恵麻は先ほどまで春希が眺めていた場所へと視線を移す。

よく目立つグループだ。先ほど入り口から聞こえてきた春希の驚く声を思い出す。

ひと際大きな喋(しゃべ)り声が聞こえるというだけでなく、こうした場でも一輝の容姿は突出して人目につく。

それだけでなく一輝の対面に座る二階堂春希の幼馴染(おさななじみ)だという少女も強く目を惹(ひ)いていた。他の少女たちが一輝に懸命に言葉を投げかけている隣で、眼中にないとばかりにメニューに真剣な態度が、より一層興味に拍車をかける。

だが別に浮いてるとか孤立しているとかそういうわけでなく、メニューばかり見ていることをつっこまれればあたふたとして笑いを誘う。きっと――かつての春希と違って取っ付きやすい性格なのだろう。伊佐美恵麻の眉間(みけん)に皺(しわ)が刻まれる。

「……伊佐美さん？」

「っ！　霧島くんっ、え、あ、ごめん、なに？」

「いや、6番さんのクリームあんみつとくずきりパフェが出来たのだが……っと、俺が持っていったほうが良さそうだな」

「……あ」

立ち呆けていた伊佐美恵麻を見て笑いかけた隼人は、そのまま返事を聞かず厨房からフロアに飛び出していく。

「と、いけないいけない」

我に返った伊佐美恵麻は、まずは仕事だとばかりにフロアに戻るのだった。

春希から見ても隼人は働き者だった。そしてよく気が付く。色々とフォローもしてくれた。こういう手合いにも慣れているようで、積極的にフロアも手伝ってくれる。

だがそれでも、息つく暇もないほどの忙しさだった。

履きなれない下駄の鼻緒が足の親指と人差し指の間に食い込み、痛みを訴えている。

「団子食べ比べセットのお客様は――」

「え、うちら頼んでたっけ？」

「うぅん、両方かき氷だよ」

「し、失礼しましたっ！」

慣れぬ仕事は集中力を削ぎ、次第に細かいミスを引き起こすようになっていく。

頭を下げ、そしてレジを打つ伊佐美恵麻と目が合えば、視線で正しい席へと誘導してくれる。

「すいません、お待たせしました！　団子食べ比べ――」

必死に笑顔を貼りつける。愛想笑いが得意になっていたのが幸いか。

注文を運び終え、一息つくと共に周囲を見回す。

店内は賑わっており、新規の客足は途絶える気配がない。隼人も伊佐美恵麻も一所に留まらず飛び回っている。

フロアだけの春希と違い、隼人は厨房での調理補助、伊佐美恵麻はレジもこなしている。自分も負けてはいられない。

姫子たちはとっくに帰っていた。

二次会という言葉に瞳を輝かせて引っ張られていった姿を思い出せば、その将来が気掛かりになってしまう。が、それよりも今はバイトだとばかりに頭を振って、よしっと気合いを入れなおす。

今しがたレジを終えたグループが後にしたテーブルの食器を集め始める。量は多いが、少々慣れてきたこともあり、そして店内の混み様をちらりと目にし、一気に重ねた。

その判断が、悪かった。

「春希、あぶねぇっ！」

「――え？」

春希の視界が回転すると共に、遅れてガシャンと大きな音が鳴った。

意識が、時間が、一瞬切り取られる。

何が起こったか状況を把握できない。

ただ、大きな何かに包まれ――本能的に安心してしまいそうになる匂いが鼻腔をくすぐっていた。

「痛ーっ……大丈夫か、春希？」

「え、あれ……隼人っ⁉」

春希の目の前に、隼人の顔が飛び込んできた。

一瞬にしてドキリと心臓が跳ね、頬が熱くなる。慌てて視線を逸らせば間近に床に散らばる抹茶の陶器の破片が目に入る。

そして自分に注がれる、驚きと好奇の視線も。

「ご、ごめんっ！」

「いいっていいって、怪我は？」

「ない、と思う……っ！」

どうやら躓いてしまったらしい。その状況を理解するや否や、慌てて下敷きにしている隼人から飛びのき身を起こす。

「すいません、直ぐに片付けますので！　大丈夫？　それから片付け手伝って、二階――あーその、霧島くん！」

「ご、ごめ、ボクっ」

「あぁ、わかった。っと……お騒がせしました！」

状況を素早く把握した伊佐美恵麻がほうきとちりとり、モップをもって駆けつける。隼人もそれに呼応し、お客に頭を下げて作業に掛かる。

春希だけが何をして良いか分からず、おろおろとしてしまっていた。

どうして良いかわからない。思わぬ出来事が重なって処理能力の限界を超えてしまった。

そんな春希のことなどお構いなしに、テキパキと手を動かす2人によって瞬く間に床が綺麗になっていく。客の興味も目の前にある甘味へ戻る。

――完全に足を引っ張ってしまった。

まごつくだけの自分と、テキパキと仕事をする隼人と伊佐美恵麻の違いを感じてしまう。情けなさから、鼻の奥にツンとしたものが込み上げてくる。

「……え？」

そこへ、ポンと頭に手のひらを乗せられた。

「春希、呆けてないで残りも一緒に乗り切っていこうぜ」

「…………ぁ」

振り返れば隼人が笑っていた。

それは春希が昔からよく知る――一緒に遊ぶ時に見せるのと同じ、心の底からの笑顔だ

った。どんどん、弱気な部分が温かいものに溶かされていく。

(……まったくもぅ、隼人は!)

確かに忙しいし、大変だ。ミスもした。でもそれが何だというのか?

2人一緒ならバイトだろうがゲームだろうが何だって楽しい。

そんなことはもう、7年も前に知っていたことだ。

自然と口の端が上がっていく。そして春希の顔に本物の笑顔が戻ってくる。

「すいません、ご迷惑をおかけしました!」

春希も頭を下げ仕事に戻る。

その際にふくれっ面を隼人に向け、パシンと背中を軽く叩く。

少しだけ子ども扱いしたことに抗議するのだった。

陽射しは随分和らぐも、まだまだ昼間の熱の残滓がある午後5時過ぎ。

隼人と春希は電車を使わず、疲れた身体を引きずりながら帰路へと就いていた。

足取りは重いものの、バイトをやり遂げた達成感もあり、その顔は充実感に溢れている。

「何とかなったねー、想像以上にハードだったけど」

「全くだ。ま、バイト代も色を付けてもらったし、いいけど」

「『すまん、他のバイトも休みだとは思わなかった！』だっけ、森くん？」

「ったく、道理であそこまで忙しいはずだ」

「ねー」

隼人と春希は、帰り際に拝んで謝られた伊織の姿を思い出し、互いに顔を見合わせ笑いを零す。どうやら今日の忙しさはイレギュラーだったらしい。

「で、隼人はどうするの？」

「うん？」

「夏の間だけでもバイト入ってくれって話」

「あー……やってみるつもり」

「前に言ってた原付買うため？」

「それもある、けど」

「けど？」

隼人はふと立ち止まった。困ったような顔で御菓子司しろのある方を――病院のある方を見て、苦笑を零す。

「働くのって――お金を稼ぐのってさ、大変だよな」

「…………ぁ」

声色は明るかったが、その表情は複雑だった。そして春希は、そんな隼人に掛ける言葉はまだ、持っていない。

「辛気臭い話になった、スーパーに寄ろう。今日はスタミナが付くようなものがいいな」

「……そうだね」

そして隼人は努めて明るい声を出し、歩き出す。

先を行く隼人の背中を眺めながら、春希はポツリと呟いた。

「お金、か……」

幕間

願い焦がれて、手を伸ばし

月野瀬の西の山が茜色に染まっていく。

沙紀の日課のお勤めによって掃き清められた境内に、彼女の引き延ばされた影が躍っている。神楽舞の練習だ。

本来こんな場所で練習するものではないが、本番が差し迫り自然と身体が動いてしまった。本殿に立てかけられた竹箒も、彼女の頑張りを見守っている。

その淀みない所作で行われる美しい舞は、まさしく神々に捧げるものに相応しい。

また、どれだけ沙紀が心血注いで修練してきたのかというのも見てとれた。

神頼み。

真実、沙紀のその真剣な表情からわかるように、己の仕える神々に対し祈り、願いを込めて舞っている。

――姫ちゃんのお母さんが、よくなりますように。

それは沙紀の真摯な想いでもあった。

親友と想い人の引っ越し、それは彼らの母の転院のため。

もしかしたら、彼らの母親が回復すれば月野瀬に戻ってくるかもしれない——そんな願望も含まれている。それもあって練習には一層、熱が籠もる。

「うん……？」

丁度その時、本殿の階段に置いていた沙紀のスマホが何度も通知を告げた。ぶるぶる震えながら、隣に立てかけた箒を叩いている。

そして画面を覗き込んだ沙紀は、思わずわぁっと目を輝かせた。

『見てみて！　すごい、きれい！　和菓子！　金魚！　抹茶が！　いっぱい、お庭、スイカに水鉢！』

『うわぁ、姫ちゃんなにこれ、凄い～！』

姫子が連続して投稿してきたのは、目にも鮮やかで綺麗な和菓子たちの画像。

水槽で泳いでいる金魚の錦玉にスイカやマンゴーを使った大福、それに紫陽花など季節の花を模った落雁。

見ているだけでも楽しくて、テンションが上がる品々だ。事実、それらを目の当たりにしたと思われる姫子は興奮冷めやらぬ様子だ。

『試験の打ち上げで老舗の和菓子屋さんに行ってきたの！　これで抹茶が付いてセットで５００円！　そりゃあ行列もできるのも納得でしょ⁉』

『え、姫ちゃん行列並んだの〜⁉　すごい、もう都会の大人の女だ……』

『これでもう、あたしもひと夏のけーけんをしちゃった感じだね。うん、案外呆気ないものだったかな……』

『うう、いいなぁ。月野瀬のお菓子といったら草餅ばかりだから……』

『そうそう、その辺に摘んできたよもぎに、村で採れた小豆で作ってたよねー』

月野瀬でお菓子といえば草餅である。

春先、氏子の集会で作ったことを思い出す。

お鍋いっぱいにその辺で摘んできたよもぎを煮たものを、白玉粉などとすり鉢で練り上げ混ぜ合わせ成形する。中々の重労働だったのも覚えている。

（そういえばお兄さん、あの時も氏子のおばさんたちと一緒にひたすら草餅を作ってたっけ……）

沙紀はふとそのことを思い出し、ズキリと胸が後悔で滲む。

あの時はまさか引っ越すだなんて、思ってもみなかった。

『それじゃあ沙紀ちゃん、月野瀬に帰る時にその和菓子お土産に持って帰るよ』

『っ！　わぁ、楽しみ！　金魚鉢の錦玉お願いね、姫ちゃん！』

『抹茶もテイクアウト出来ればいいんだけど。和菓子の甘さと渋みがね、絶妙なの！』

『う、すごく期待しちゃうよ～』

沙紀は頭を振って話に戻る。

そしてたちまち会話に花を咲かせ、遠く離れているものの、確かに繋がっているということを実感する。それだけ長い付き合いで、掛け替えのない親友なのだ。

『あ、でも和菓子のお土産、おにぃに買ってもらったほうがいいかも。バイトしてるから、社内割引的なものがあるかもだし』

だけどこの親友は、時折大事なことを言いそびれることがある。

引っ越しのこともそうだったし、今しがた言ったこともそうだ。

『ば、バイトッ!?　え、お兄さんバイトしてるの!?』

『うんうん、そうなんだよーびっくりだよね。はい、これ』

「っ!?」

姫子によって隼人のバイト姿の画像が貼られる。

そして沙紀の胸がドキリと跳ねる。

甚平に三角巾、それに前掛けエプロン。如何にも和風といった出で立ちに、笑顔と共にお盆を片手に飛び回る姿。

それは沙紀が月野瀬で遠巻きに見てきた姿でもあった。

『あ、あはは、そのえっと、お兄さんなんかすごく堂に入ってるね』

『まぁおにぃって、昔から村の宴会で似たようなことしてたからねーって、そうそう、バイトしてたのおにぃだけじゃなかったんだよね、ほら！』

「っ⁉」

そして沙紀は再び息を呑む。

今度は春希の画像だった。

大正モダンな感じの矢羽袴に前掛けエプロンは、楚々とした春希の雰囲気に非常によく似合っている。後頭部で1つに結われた髪を揺らして給仕している様は活動的な印象を与え、いつもと違った魅力がある。彼女に接客されたいが為に通う人もいるんじゃないかと思うほどの可愛さがあった。

沙紀は、ほう、と悩ましいため息を吐くと共に目を見開き瞳を揺らす。

春希の画像の奥に、隼人の姿が見えた。

たまたま映ったのだろう。だが必然でもあった。

同じ場所で肩を並べて働いているのだから。

（私は……遠巻きに見ていただけだから……）

胸が軋む。とても羨ましく思う。

沙紀個人としては、春希に対抗意識があるものの悪い感情は無い。グルチャで話す様になり、仲も急速に深めて行っている。素の彼女は好ましい。

だが、隼人のことが絡むと話は別だ。

特に最近はちょっと引っ掛かることが続き、胸が騒めくことも多い。

だけど、いやだからこそ。沙紀は一度春希と顔を合わせてじっくりと話をしたいという想いを募らせていく。

『うわ！　ボクのいつの間に⁉　ひめちゃんが撮ったの⁉』

そこへ『†春希†』という文字と共にゲームの妖精っぽいアイコンが躍り出す。どうやら春希がやってきたようだ。

早速自分の画像を目にするなり、『思った以上にハードだった疲れた』『立ちっぱなしで足が棒のようだし腰にキた！』『制服は可愛いけど実際問題袖が片付けに凄く邪魔！』といった愚痴を垂れ流す。それに姫子も、そして沙紀自身も『あはは』と苦笑いを返す。

話題こそ、いつも春希が繰り出すゲームやガレージキットでなくバイトというだけで、このところやりとりされたものとあまり変わりない。場も和やかになっていく。

……時折、春希が隼人にフォローされたことを悔しそうに話し、微笑ましさとほんの少し羨ましさが募る。そんな自分に呆(あき)れてしまう。

『そういやはるちゃん、社内割引とかそういうのあるの？　月野瀬に帰る時、沙紀ちゃんへのお土産って考えてるんだけど』

『うーんどうなんだろう、わかんないや。そっか、ひめちゃん達は夏休みに月野瀬に帰るんだよね……ん～、ボクはその間バイトに精を出すかなー？』

「…………え？」

沙紀は思わず変な声を上げてしまう。

隼人と姫子の帰郷に合わせて、一緒に来るものと思っていた。思い込んでいた。

だが冷静に考えれば、月野瀬でのかつての二階堂家のことを考えれば、春希の返事は当然のことといえる。

『そっか、はるちゃんは……』

『あはは、帰るところが無いだろうしね。それに沙紀ちゃん、今のボクのお祖父(じい)ちゃん家(ち)、どうなってる？』

『っ！　えぇと、随分誰も住んでいないからその、色々隙間風が夏は過ごしやすいことになっているというか……』

『だよねー……』

それは月野瀬の住人なら誰しもが知っていることだった。

二階堂春希に帰る場所などない。

そして、どんな顔をして帰ればいいかもわからない。

『だったら、私の家に泊まればどうですか？　うちは幸いにして神社なんで、無駄に広いですし部屋も余ってます』

だけど沙紀は反射的にそんなことを打ち込んでいた。

酷く個人的な理由だ。相手の、春希の都合なんて考えていない。

完全に自分の我儘で――エゴで、でも言わずにはいられなかった。

『いやでもボクは――』

『私、春希さんに会いたいんです』

『――え……』

会って話したいこと、伝えたいことがたくさんあった。

自分の想いを……だがそれは、自分勝手な理屈でしかない。

『あ、あはは……ボクも沙紀ちゃんに会いたいし、前向きに検討しとくよ』

『はい、是非に』

それを分かっていてなお、沙紀は言わずにはいられなかったのだった。

「月野瀬、か……」

スマホを片手に春希の呟きが、隼人の部屋に溶けていく。

胸中は複雑だった。沙紀にとっても春希は複雑な相手に違いない。

だけど、沙紀に誘われたことは、驚くと共に嬉しいのも事実だった。

「沙紀ちゃんってほんと……」

本当、良い子だなぁと思う。

この間の話では、村の人たちに可愛がられ、隼人との仲を揶揄われているという。なるほど、確かにお似合いかもしれない。最近のグルチャを見ていると、それがよくわかる。

だけどそのことを想像すると、どうしたわけかミシリと胸が軋む。

そしてかつて月野瀬に居た時の、自分のことを思い返す。

――まったく、厄介なモノを押し付けていって。

――どんな汚らわしい血が混じっているのだか。

——お前は真央の子だから面倒はみるが、わしらの孫ではない。

祖父母の春希に対する風当たりが、非常にきつかったのを覚えている。

「『借りたものは返せ』、か……」

それが祖父母と母の口癖だった。

隼人との間に〝貸し〟はつくっても〝借り〟は作らない理由でもある。

眉に皺を寄せながら周囲を見回す。

パイプベッドにスチール製のシステムデスク、本棚を兼ねる機能性重視の多目的収納ラック。白と青と灰色でまとめられた部屋は、男子高校生の部屋の典型のようだ。

その一画に置いてある春希のスポーツバッグは、違和感なく溶け込んでいる。

「……今度、下着も入れといてやろうかな」

その馴染み具合に、春希は眉を寄せたまま頰を緩ませ呟いた。


「う～ん……」

春希がリビングに戻れば、キッチンで腕を組んで唸り声を上げる隼人の姿が目に入った。

その目の前にあるのは豚肩ロースブロック約1キログラム。国産の100グラム88円の更に半額という、その安さに思わず飛びついて買ってしまった本日の戦利品だ。

「隼人、何にするか決まった？」

「……考えてる。賞味期限も近いしなぁ」

「見切りの値引き品だもんね。ええっと普通にトンカツとかー……って、揚げ物は悩ましいなぁ」

「トンテキでもいいんだけど、野菜も消費しないとだし」

「あはは、試験終わってからいっぱい収穫したもんね」

考えなしに買ってしまったお肉を前に、お互い顔を見合わせ苦笑い。

それは川辺で遊んで水に落ちたり、山の祠を壊してしまったり、柵をうっかり開けて鶏を逃がしてしまったり……そんな時に見せていたものと同じものだ。

ずっと。

これからも繰り返していくと思っていたもの。

「っと、いつまでも考えてても仕方ないな。トンテキ分だけでも切り分けるか」

「……あ」

「っ！　………………春、希？」

反射的な行動だった。

春希は傍を離れようとした隼人の手を掴む。

「……えっと、その」

「う、うん？」

理由なんて特にない。敢えて言うなら触れたかったとでも言うべきか。

だけどそんなことを素直に言えるわけもなく、顔を赤くする。必死で言い訳を考える。

「み、ミネストローネ！」

「……へ？」

「その、夏野菜をいっぱい使った料理でお薦めだって、みなもちゃんが」

「え、あぁ……でも俺、作ったことないぞ？」

「大丈夫、ボク、みなもちゃんと一緒に作ったことあるから」

「いつの間に」

「試験期間中にちょっとね。だから隼人はトンテキ、お願い」

「わかった」

春希は自分で自覚があるくらいに早口だった。

隼人もそれに突っ込むような野暮なことはしない。

そして2人、台所に並んで調理に取り掛かる。

ミネストローネの作り方は簡単だ。だが手間が掛かる。

鍋底にオリーブオイルをひいて、みじん切りにしたニンニクで油に香りを付ける。玉ねぎ、ニンジン、セロリを加えて焦がさないように炒める。それら香味野菜がトロトロになってくれれば、園芸部で採れたナスにズッキーニ、トマトを加えブイヨンとローリエと一緒に煮込むだけ。

しかし野菜は全て賽の目に切らないとだし、木べらで炒め続けるのは非常に根気が必要だ。手首だって痛くなる。

一方トンテキは至ってシンプルだ。

好みの大きさに切り分けたら塩コショウ。それと醤油、みりん、砂糖、オイスターソースに磨り下ろした生姜とニンニクのタレを用意するくらい。

早々に付け合わせのキャベツの千切りも作り終えた隼人は、春希の手伝いに回り、野菜を切り刻んでいた。

「あとは煮込むだけでおしまい、っと。ありがと隼人、助かったよ」

「いいって、そんくらい。んじゃこっちも焼き始めるかな」

そう言って隼人は熱したフライパンにサラダ油を引いて肉を載せれば、ジュッと油の跳ねる小気味の良い音が鳴る。

両面を程よく焼けば、後は先ほどのタレと共に蓋をして蒸し焼きにするだけだ。

するとと手持ち無沙汰な時間が出来る。かといって火から目を離せない。

その降って湧いた時間に、春希はいつもの世間話を投げかける調子で隼人に想いを投げかけた。

「ね、ボクさ……月野瀬に行っても大丈夫かな？」

隼人の表情が強張る。その返事は中々に難しいものだった。

「………………わかんねぇ」

「あはは、だよね。お祖父ちゃん、夜逃げ同然だったって聞いてるし」

「まぁ春希が行けば、みんな興味津々で聞いてきそうだな」

「ボクに聞かれてもわかんないんだけどねー」

「……そんなの、わかっててても聞いてくる人はいるだろうよ」

「あはっ、だろうね」

現在、春希の祖父の家は無人だ。

管理する者のいない家は、この5年ですっかり傷んでしまっている。月野瀬では誰しもが、そうなった顛末を知っている。

「沙紀ちゃんがね、ボクに会いたいってさ。隼人やひめちゃんと一緒に来たなら、うちに泊まったらって言ってくれたんだ」

「いいんじゃないか？　……神社なら、その、色々安心だな。神主さんの家の人たちなら、村尾さんも含めて変なことは言わないだろうし」

「まぁうん、嬉しいんだけどね。でも流石にボクもどの面下げてというか……」

「春希……」

　答えにくい話題だ。

　だが丁度その時、ピーッと炊飯器が炊き上がりを知らせた。

「っと、ご飯よそって他の食器の準備をしようか」

「ん、オッケー」

　話はそれで終わりとばかりに打ち切られた。

　だがそれでいい。春希にとっては愚痴と同じだ。元より答えが出てくるものでもないし、聞いてもらえただけでちょっとすっきりした。いそいそと食器の準備をする。

「あ……隼人ー、ミネストローネ、どの器に入れよ？」

「いい感じの無いのか？　……まぁ最悪みそ汁用のお椀でも良いか」

「あはは、すんごい違和感」

「それとさ、春希」

「うん？」

「周囲がどう思うかはわからねぇけどさ……俺は、春希と一緒に月野瀬に行けると嬉しいから」

隼人はしゃもじを片手にご飯をよそいながら、背中でそんなことを言った。

春希の動きが止まる。止まってしまう。

そんな何気なく告げられた言葉がすとんと胸に落ちて行けば、喧しいくらいに騒めきだす。

「………そっか」

春希は俯き、小さく呟き返す。

隼人の顔を正面から見るには、しばしの時間が必要そうだった。

「おにぃ、はるちゃん！　もぅ、あそこでバイトしてるだなんて、今日はびっくりしたんだからね！」

夕飯時、姫子は顔を合わせるなりぷりぷりと唇を尖らせて抗議してきた。どうやら友人たちに、随分色々と言われたらしい。

しかし隼人と春希はバイト中、一輝が女子達に質問攻めにあっている中、姫子がメニューや他のテーブルの甘味に夢中だったのを目にしている。

姫子のことだ、突っ込まれていても意識の大半がそちらの方にいっていたに違いない。

だから隼人と春希はお互い顔を見合わせ苦笑した。

そして姫子が夕食を口に運べば、すぐさま膨らませていた頬を戻していった。

「わ、このみそ汁っぽいの美味しい！　飲むというより食べるって言った方が良い感じだけど！」

「あ、あはは。ひめちゃん、それミネストローネね。イタリアの野菜スープ」

「え？　あ、うん、みねすとろーね、ね！　わかってる！　……でもなんでみそ汁用のお椀なの？　おにぃでしょこれバカなのセンスないの？」

「……丁度いい器がなかったんだよ」

文句を言いつつも、味は随分とお気に召したらしい。

本日の夕食のメインはニンニクと生姜の利いた甘辛いタレのトンテキと、トマトの酸味がアクセントになっている夏野菜のうま味をぎゅっと濃縮したミネストローネである。

濃い味付けのトンテキも、キャベツの千切りが口の中をさっぱりさせてくれるし、ごはんとの相性も抜群だ。

隼人と春希もバイトで空腹だったこともあり、おかげで箸がよく進む。

「あ、そうだった」

「どうした姫子？」

３人が夕食に舌鼓を打っていると、ふと姫子が何か思い出したかのような声を上げた。

その顔はどういうわけか困った様子で眉を寄せている。

「そういやプールだけどさ、クラスの皆があたしも行くべきだって言うんだよね」

「……あの子たちが一輝目当てで来たいとかそういうわけでなく？」

「さぁ……なんでだろう？」

互いに顔を見合わせ、首を傾げる。

彼女たちの意図はわからない。

姫子は「水着買わなきゃ」と瞳を輝かせるのだった。

第4話　別に迷惑なんて

とある夏休みの暑い日。

その日、珍しく姫子(ひめこ)は朝早くから起きており、隼人(はやと)はリビングでファッションショーを見せられていた。

「おにぃ、これはどう？」

「あーその、いいんじゃないか？」

「ってもう、さっきも同じこと言ったじゃない！」

「と言われてもな……」

隼人はげんなりとした口調で応(こた)える。

目の前でくるりと身を翻した姫子の格好は、白のVネックのインナーに、水色のキャミワンピースを合わせたものだ。その前に見せたのが黒のピシッとしたTシャツに黒のスキニーパンツ、そのさらに前が肩を大きくあらわにした白のオフショルダーのトップスにワイドパンツ。

どれもがキレイめのカジュアルといった様相で、スラリとした姫子を大人っぽく演出してよく似合っている。街を歩けばきっと、道を行く人の視線を集めることだろう。

だが隼人にとってそんな姫子はただの実妹である。どれも似たような傾向の格好で何とも言えないし、それが3回目となっては辟易してしまうのも無理からぬことだった。

「まぁまぁひめちゃん、隼人だよ？　気の利いた台詞を期待する方が間違ってるって」

「むぅ、確かに。おにぃだもんね」

「……お前らな」

そう言って春希が、あははと笑いながら廊下から顔を出す。

姫子と一緒に服を悩んでいたようだが、それならそれで隼人は「2人して選んだんなら俺に聞くなよ」と心の中で悪態を吐いてしまう。

「それで隼人、一応聞くけどボクの方はどうかな？」

今度は春希が見て見てとばかりにアピールしてくる。

インナーの黒のタンクトップがよくわかるシースルーのロゴ入りシャツにキャスケット帽。そこだけ見れば月野瀬に居た頃を髣髴とさせるボーイッシュな格好だが、その下はフリルを重ねた甘めのミニのティアードスカート。

その少年の活発さと少女の可愛らしさが同居した奇妙なアンバランスさが、なんとも春希らしい魅力を演出している。

そして春希がくるりと身を翻した瞬間、ふわりと丈の短いスカートが舞い、足の付け根にある淡いブルーのものが見えて――隼人は慌ててそっぽを向いた。

「あーその、いいんじゃないか？」

先ほどの妹への（姫子）と同じ台詞だったが、その顔は先ほどと違って真っ赤だった。

そのことを知ってか知らずか、春希は肩を竦め苦笑い。

「ほらね、ひめちゃん。隼人はこう――」

「いやはるちゃん、今のおにぃのそれ、ぱんつ見えちゃったからだと思うよ？」

「――みゃっ⁉」

だがその視線を受けた姫子はジト目だった。

春希は慌ててスカートの裾を押さえながらぺたんと床に座り込む。

「いくらおにぃでも、そんな夏っぽく爽やかで可愛いの見せられたら……ね？」

「…………ノーコメントで」

「ううう～っ」

春希が涙目で2人の顔色を窺えば、呆れた様子の姫子と耳を赤くしながらガリガリと頭を掻く隼人の姿が目に入る。その気遣いがより羞恥に拍車をかける。

「あーその、時間大丈夫か？　伊佐美と待ち合わせしてるんだろ？」

「そ、そそそうだね！　んじゃボクたち行ってくるね！」

「わ、もう結構いい時間。行こ、はるちゃん」

「……気を付けてな」

「「はーい！」」

隼人の助け船にこれ幸いと便乗した春希は、姫子と連れ立って家を飛び出していく。

そんな2人の背中を見送った隼人は、はぁ、とわざと大きなため息を吐くのだった。


隼人は春希と姫子が出掛けてすぐ、家事に取り掛かった。

窓の方へと目をやれば、真夏の太陽が燦々と輝いている。

いい天気だ。外は今日もうだるような暑さになる気配を見せている。

リビングとキッチンの掃除にゴミの分別、そして洗濯物。

やることの項目は多いものの普段から小まめにこなしていることもあって、さほど時間を掛けずに終わり部屋へと戻る。クーラーが効いていて涼しい。

「……」

快適な部屋の筈だがしかし、隼人は眉間に皺を寄せた。

その原因は床に落ちているカラフルな女性用衣類。

先ほど姫子と一緒に話しながら選んでいた春希のものだろう。

「……ったく、何で俺の部屋で着替えるんだよ」

隼人はそんなことを独り言ちながら散らかっている服を見て、先日の姫子の部屋に置くと交ざっちゃうでしょという春希の言葉を思い出す。

はぁ、とため息を吐きつつ頭をガリガリと掻き、「せめて畳んどけよ」と呟きながら手に取った。

ブラウス、スカート、キャミソール。

可愛らしいデザインのものから綺麗で大人っぽいもの、少しばかり際どいものまで様々なものがあり、そのどれもが男子ならば着ないようなものばかりだ。

だけどそのどれもが春希に似合うのは、想像に難くない。

ついこの間までダサいものしか持っていなかったのに——そんな言葉が喉の奥からせりあがり、それに気付いた隼人は無理矢理に呑み下した。

そしてふと、最近始めたバイトのことが脳裏に過ぎる。

まだわずか数回しか出ていないというのに、あっという間に看板娘になっていた。

元気よくフロアを飛び回り、にこにこと手際も愛想もよく接客する姿は、老若男女問わず魅了する。連日盛況なのは、隼人の気のせいでも夏休みだからでもないだろう。

「……そういや伊織が、春希目当てのうちの学校の生徒が増えたって言ってたっけ」

もとより御菓子司しろは、学校でもよく話題に上るほど可愛い制服だと評判なのだ。そこで校内の有名人でもある春希がバイトしているともなれば、噂になるのも仕方がない。しかもそこで見られるのは、学校での大和撫子然とした優等生でなく、ここでしか見られない春希の給仕姿。

心なしか男性客が増えたのかと思っていたが、事実その通りなのだろう。口コミから色々広がって、夏休み中の部活帰りの生徒たちが訪れたりしているらしい。

そして彼らが春希に向けていた視線を思い出せば、どうしてか胸がざわつく。

先ほどの姿が目に焼き付いている。

「ったく、すぐ見えてしまいそうになるような短いの、穿くなよな。もし――」

――もし、他の奴に見られたらどうすんだ。

そんな思いと共に、ここ最近の春希の姿が浮かんでくる。

スマホを買いに行った時の清楚なサマードレス、映画を見に行った時のあざとく可愛らしい髪型とワンピース、そしてバイト先で客に懸命にサービスする給仕姿。

そんな様々な姿と共に、ある人物が思い浮かんでしまう。

大女優、田倉真央。

春希の、母親。

隼人はあの秘密の告白を聞いて、春希に少し悪いと思いながらもいくつか田倉真央出演のドラマや映画のプロモーションビデオなどを見ていた。

確かに話題に上るだけあって、妖艶な色香があるだけでなく多種多様な役を演じ分け、存在感があった。

――春希の様に。

そこに思い至り、だけどそれを否定するかのようにガリガリと頭を掻く。

思考を切り替え、さっきの春希と姫子は――と考えたところで頭を振ってベッドに寝転んだ。

「水着を買いに、ねぇ……」

今日は春希、姫子、伊佐美恵麻の３人で水着を選びに行くようだった。

先日姫子がプールに付いていくと言い出して、あれよあれよとそういう流れになったらしい。女子たちの間の話なのでよくはわからない。

もちろん隼人が一緒に行くことは最初から想定されておらず、１人どこか疎外感を覚えたのも事実である。

　ごろりと寝返りを打つ。

　すると、机の隣に置かれているスポーツバッグが目に入る。春希の私服が入れられたものだ。さもそこにあるのが当然といった様子で存在しており――眉間に皺が寄った。

「女の子……なんだよな、春希って」

　困ったような、しかし確認するかのような声が漏れる。

　撫でると絹のように滑らかで触り心地の良い長い髪、触れると柔らかくどこか甘い香りのする白い肌、隼人にだけ気を許した眼差し。そしてかつては決して見せることのなかった、恥じらいの表情。ここ最近、ふとした切っ掛けに感じてしまうはるきとの違い。

　それがどうにも胸を騒がせて仕方がない。

　水着になるということは、それらを周囲にも曝け出すに等しい。

　その姿を見たいと思う一方で、他の誰にも見せたくないという、独占欲からくる嫉妬混じりの言葉を飲み込み、それを誤魔化すようにガリガリと頭を掻く。

　自分の感情をどうしていいか持て余し、振り回されている。

「あーくそっ！　………うん？」

　それも存外悪くないと感じてしまう自分に呆れて毒づいた時、机の上のスマホが電話の着信を告げた。

『よぅ、隼人。今何してる？　暇だよな？　オレも今日は恵麻にフラれてるからさ、隼人も暇だろ？』

「伊織……俺は別にいつも春希と一緒ってわけじゃ」

『別に誰も二階堂（にかいどう）が、とは一言も言ってねーぞ』

「…………チッ」

してやられた感じだった。

思わず抗議の意味を込めて舌打ちすれば、スマホの向こうから『あはは』と揶揄（からか）いの笑い声が聞こえてくる。だから続く言葉は少々不貞腐（ふてくさ）れた色になった。

「で、なんだよ」

『いやさ、昼メシでも一緒に行かねー？　ってお誘い』

「昼メシか……」

あまり乗り気ではなかった。プールでの出費も控えているし、料理が出来る隼人はなるべく自分で作って食費を抑えたい。冷蔵庫の中の賞味期限の近いものが脳裏を過ぎる。

さてどうやって断ろうかと思案を巡らせていたが、続く伊織からの言葉にすぐさま飛びつかざるを得なかった。

『焼肉食べ放題60分888円』

「んなっ⁉」

『部位は限られるけど牛肉にごはんにキムチ、カレーとアイスクリームも食べ放題だ』

「千円札でおつりが来るというのにっ⁉」

正確には牛肉と食べ放題と888円というところに飛びつかざるを得なかった。

隼人も食欲旺盛（おうせい）な男子高校生だ。ご多分に漏れず、肉には目がない。

また、月野瀬において肉を存分に食べる焼肉やバーベキューといえばもっぱら罠（わな）に掛かった猪か鹿だった。あとたまに穴熊。

それに外食と言えば近くの割高な道の駅のイートインスペースを思い浮かべる隼人にとって、焼肉・食べ放題・888円という3連コンボは心を傾けるのに十分な破壊力を秘めていた。口の中では既に肉の味を連想してしまっている。

『待ち合わせの場所と時間だが――』

「あ、あぁ……」

既に声は上ずりそわそわしている隼人は、スマホの向こうで伊織がくつくつと愉快気に喉を鳴らしているのも気にならない。

『しかしまぁ、一輝（かずき）の言った通りの反応だったな』

だが浮き立っていた心は、その名前を聞くなりムッと眉をひそめてしまう。

別に嫌いというわけではないが、得意でもない。少しだけ思うところもある。

「一輝が？　どういうことだよ」

『姫子ちゃんの兄の隼人なら、そう言えば絶対釣れるって。あ、一輝も部活が終わってから合流するってさ。じゃあな！』

「おい、姫子の兄だからってどういう……切れた……ったく……」

なんとも言えない気持ちになった。

頭には普段ぐうたらしているダラしない姫子の姿と、捉えどころのないにこにこと笑みを浮かべる一輝が思い浮かび――頭を振って2人を意識の外へと追い出した。

机の上の時計を見れば10時過ぎ。まだまだ時間には余裕がある。

そして視線を少し滑らせると春希の――幼馴染の贔屓目を抜きにしても可愛いと判断せざるを得ない女の子の、スポーツバッグ。

前髪をひと房摑み、眉を寄せる。

「…………ワックス、どこだっけかな」

隼人は憮然とした顔で、先日姫子に髪を弄られたことを思い出しながら、洗面所に向かうのだった。

待ち合わせ場所は、何度か春希や姫子とも行っている都心の駅前だったが、いつもと違い東口でなく西口だった。

鳥のオブジェがある広場を中心にカラオケや映画、専門店といった遊びに特化した色を持つ東口と違い、西口はオフィスや飲食店が多く、同じ街だというのに随分と様相が違って見える。

お昼時ということもあって駅と併設されているデパ地下からは甘い香りが、街の方からはおいしそうな匂いが漂い、それに誘われ店に吸い込まれていく人々ばかりだ。隼人も思わずごくりと喉を鳴らす。

初めての場所ということもあって、ちゃんと落ち合えるかどうか心配だったが、それは幸いにして杞憂だったようだ。

「……なんだあれ」

思わず目を見開き独り言ちる。

待ち合わせ場所はすぐにわかった。

正確には待ち合わせている相手の1人――一輝がいることはすぐに分かった。スラリとした高い身長に爽やかで甘いマスクは、雑踏の中でもよく目立つ。

「えー、いいじゃんいいじゃん」

「ダメだって、それに僕は今から友達と約束してるんだって」

「カズキチに友達ー？　きゃはっ、なにそれウケるんですけどーっ！」

それが一輝だけでなく、親し気に話しかける華やかな女の子と一緒ならばなおさらだ。

周囲の行き交う人たちも、一輝たちに注目しながら足を運んでいる。隼人もその1人である。

一輝に絡む女の子を観察する。

歳は同じくらいか少し上だろうか？　スリムで背が高く、目鼻立ちがくっきりしていて大人っぽい雰囲気だ。

長く明るい色の髪を纏(まと)めて盛っており、服装もピンクのカットソーにデニムのホットパンツで、肌面積も広く派手な印象を受ける。

春希とは真逆の、クラスカースト上位に位置する、いわゆる陽キャグループに所属する、ギャルとか呼ばれる類(たぐい)の女の子だった。

（……苦手なんだよなぁ）

思わず眉をひそめてしまう。

月野瀬ではお目にかかれなかった人種である彼女たちのノリは独特だ。

聞き慣れない略語や単語、すぐに騒ぎ立てるけれどそのツボもよくわからない。対応に困るというのが隼人の本音である。

そして彼女が一輝に対する様子は随分と距離が近い。

しきりに一輝をベタベタと触っており、言葉も馴れ馴れしい。知り合いなのだろうか？

スマホを取り出し時間を確認すれば、待ち合わせの時間まではあと15分もある。

（……伊織もまだだな。アレは一輝がそのうち何とかするか）

隼人は巻き込まれては堪らないと他人を決め込み、そして周囲に視線を走らせた。

駅前ということもあり多くの人が行き交っている。

月野瀬の全住人よりも多い人々が一瞬にして改札から吐き出され、そして飲み込まれていく。まるで駅舎が生きて呼吸をしているかのようだった。

その流れを見ているとなんだか眩暈に見舞われ、人混みに酔ってしまう。

「………………っ」

ならばと動きのない壁の方に目を滑らせればショーケースがあり、そこにはいくつもの水着を着たマネキンがあった。

『夏の視線をひとりじめ！』

『海を背景にするならやっぱりこれ！』

『7月末まで全品30％ＯＦＦ！』

ショーケースにはそういった煽り文句が躍っている。どうやら併設されている駅のデパートのものの様だ。

一瞬、春希の姿が脳裏に過ぎり、隼人の顔が神妙になる。

そして頭を振って、今度は街並みの方に目を向けた。

「おぉっ⁉」

思わず声を上げる。そこには色とりどりの看板が見えた。

ラーメン、牛丼、カレー、ハンバーガーといった隼人でも名前を知っているチェーン店から、エジプト、トルコ、ベトナム料理といった各国の珍しい料理を出してくれるものまで様々だ。食欲だけじゃなく、好奇心も刺激される。

（カプリチョーザにビリヤニ、ガスパッチョ……名前は聞いたことあるな、どんなんだろう？　って、今日は焼肉、牛だ牛！）

隼人は牛肉への思い入れが強い。

田舎ゆえ牛は流通の悪さから値段も高騰しがちで、食べる機会は極端に少なかった。大みそかのすき焼きくらいである。その牛肉が食べ放題なのだ。

（ええっと、まずはタン塩をレモンで、だっけ。その後は――）

「隼人くんっ！」

「――っ！　か、一輝……」

いつの間にか一輝がやってきていた。絡んでいた女の子も一緒だ。

先ほど声を上げてしまったのを思い出す。それで気付かれたのだろうか？

一輝の顔はホッとしているものの、その声はどこか苦言を呈する色をしている。

隼人は後ろめたい気持ちもあって「悪ぃ」と言いながら視線を逸らせば、彼女と目が合ってしまう。

しまった、と思った時にはもう遅かった。

そんな隼人を認めた彼女は目をぱちくりとさせ、スゥッと目を細める。

「へぇ、本当にカズキチに友達がいたんだ？　高校入ってからかな？」

「え、いやまぁ……おいっ⁉」

彼女は一足飛びに隼人との距離を詰めたかと思えば無遠慮に、そして「ふぅん」と鼻を鳴らしながら値踏みするかのような視線を寄越す。

隼人は彼女たちのような人種の、この距離感が苦手だった。

顔を引きつらせつつ距離を取ろうとするも、そんなの知ったことかとさらに踏み込まれる。

「カズキチの友達ねぇ……顔はまぁまぁ、ちゃんとすれば横に並べそう？　でもなんか髪とかやぼったいというか表面なぞっただけというか微妙にダサいかな」

「は、はぁ……ええっと、その俺、田舎者でこういうの慣れてなくて」

「ぷふっ、田舎者ってなにそれウケるーっ！　……で？」

「で……とは？」

「カノジョっていうかさー、女の子狙い？　カズキチってモテるからねー。あ、それともあーしとカズキチの噂を聞いて？　困るんだよね、そういうのさー……で、どれが目的なわけ？」

「愛梨ッ！」

　不躾けな質問だった。思わず一輝も声を荒らげ窘める。

　しかし隼人は愛梨と呼ばれた彼女の言葉の意味がよくわからなかった。

　普段から彼女たちのような人種の言うようなことはよくわからない。そこが苦手だ。

　そしてさも知っていて当然という前提で話を進めてくる。

　しかし、何かが引っ掛かる。彼女の瞳がやけに真剣なのだ。

　まるで一輝を守るかのような、隼人の真意を探るような、事と次第によっては許さない
――そんな、必死とも言えるものを感じさせる。

だから隼人は小首を傾げ眉をひそめながら憮然と、しかし誠意をもって今日の目的を告げた。

「目的はその、焼肉食べ放題だ」

「…………………へ？」

「隼人くん……」

その返答に愛梨と呼ばれたギャルは、きょとんとしつつ大きく目を見開いた。

隼人はその様子に何か変なことを言ってしまったのかと、眉をひそめたまま一輝に確認する。

「なぁ一輝、ここで12時20分に待ち合わせだったよな？『もぉもぉ牛丸太郎』だっけ？」

「あ、あぁそうだよ合って……って、愛梨っ⁉」

「……ぷっ。きゃはははははははははっ！」

愛梨は堪らないとばかりに、お腹を抱えて笑い出した。

隼人はますますわからなくなって、眉間の皺を増やす。

だがそんな隼人の反応こそがおかしいとばかりに、愛梨は目に涙を浮かべて向き直る。

「え、これマジでカズキチの友達なん⁉　あのことか知った上で⁉」

「あ、い、いや、あのことがどのことかわからないし知らないし、本人も言いたくなさそうだし、友達だ

からといって俺はそこまで一輝に興味がねぇよ」

「ぶふっ！　何それウケるーっ！　カズキチ、めちゃくちゃ言われてやんの！」

「……隼人くんはこういう奴なんだよ」

一輝が肩をすくめて苦笑いを零せば、それを見た愛梨は「へぇ」と笑う。それは確かに笑みだったが、隼人の知らない鋭さを帯びた笑みだった。

そんな顔でジロジロ見られれば、隼人としてもいい気分じゃない。それが表情として現れれば、ますます彼女の笑みの鋭さが増す。だけどやけに神妙な声色で呟く。

「ふふっ、あーしさ、そんな目を向けられたの初めてだわ」

「……そりゃ、初対面でそんな図々しく接されたらこんな目にもなるだろうよ」

「初対面かぁ。んー……、あーしのこと知らないんだ？」

「少なくとも、一輝の奴に聞いたこともないな」

そんな隼人の素っ気ない言葉を聞いて、愛梨は愉快で堪らないという顔を見せる。

「キミ、面白いね！　連絡先教えてよ！」

「え、いや、遠慮しとく」

「愛梨、隼人くんが嫌がってるだろ！」

「うわ、断られたの初めて！　ウケるー！　そんなこと言わずに、隼人っちだっけ――って、あーもうっ！」

愛梨がスマホを取り出した丁度その時、軽快なメロディが流れた。

それを聞くや否や、愛梨は「うげぇ」と露骨に嫌な顔をする。

「もしもし、え、早巻きになった⁉　あのその、予定では……いえ、大丈夫といえば大丈夫なのですが、いえ、それはもう行きますやります、けれど！」

何やらすごい勢いで通話先と話をし出した。だが言葉遣いが先ほどまでとは打って変わってやたらと丁寧で、そのギャップにぽかんとしてしまう。

バイトか何かなのだろうか？　そんなことを考える隼人の袖を、一輝がぐいっと引く。

「え、あ、おい、一輝？」

「……いいから」

隼人が愛梨を置いて行っていいのかと目線で尋ねれば、苦笑し肩をすくめて別の場所へと誘導する。

それは隼人としても是非もなく、向かった先には引きつった笑みを浮かべた伊織が片手を上げて待っていた。

「伊織、来てたのか。助けてくれても良かったのに」

「いや無理だろ。ていうか佐藤愛梨だろ、あの娘」

「はぁ、伊織まで……知り合いか？」

隼人が不貞腐れたかのように言えば、伊織はぶんぶんと大げさに頭を振って肩をすくめる。

――佐藤愛梨。

伊織の口から聞いてもやはり覚えはない。少なくとも同じクラスには居ない。

隼人が首を大きく捻れば、呆れたようなため息が伊織と一輝から零れる。

「知らないのか？　佐藤愛梨、今売り出し中の人気モデルだよ。恵麻のやつもよくファッションを参考にしてたりする」

「へ、モデル⁉」

思わず変な声が出た。驚き目を見開いてしまう。完全に予想外の言葉である。

確かにそうだと、言われると納得できるものがあった。

もしかしたら姫子あたりだと詳しいかもしれない。

だがそれでも、依然として疑問に思うこともある。先ほどの目つきとか、特に。

そんな隼人と伊織に疑念の目を向けられた一輝はたじろぎ、ふぅ、と大きく深呼吸。そして観念したとばかりに両手を軽く上げた。

「彼女は知り合い、というか僕の元カノなんだ」

「「…………はぁっ!?」」

意外過ぎる一輝の告白に、隼人と伊織ははは唖然として目を見合わせるのだった。

その後、隼人たちは無言で移動した。

街中に乱立している雑居ビル、その２階のフロア全体。そこに目当ての店があった。

もぉもぉ牛丸太郎は安さが売りの焼肉チェーン店である。

制限時間60分と短いものの、食べ放題平日ランチ８８８円は食べ盛りの男子にとって非常に魅力的だ。夏休みということもあって、隼人たち以外にも似たような学生客が多い。

「……」

「……」

「……」

その客室の一画で、隼人たちはひたすら肉を焼き、食べていた。言葉は無かった。

隼人は元を取らねばという使命感から。

一輝は部活帰りの空腹感から。

伊織はそんな２人に釣られる形で。

食べ放題という場は戦場だった。先ほどの一輝の「元カノ」の件も忘れ去るほどに。

じゅうじゅうと肉の脂が焼ける音が響く。

時折、網の下に滴り落ちた脂に火が付き燃え上がる。

そこから立ち上る香りが、どこまでも食欲を刺激する。

安物の肉だ。だが、牛肉だ。網の上にはもちろん野菜なんてなく、肉のみである。栄養バランスなんて知ったことかと、ただひたすらに、焼けた肉を奪い合うように食べる。

熱気と食欲を刺激するタレと白飯の相乗効果で誰の箸も止まらない。

食べ放題なのだ。食べるのが目的なのだ。しかし60分という時間は案外短い。

そして時間いっぱいまで食べきった時、３人に奇妙な連帯感が――友情が育まれているのであった。

「うぐ、食べ過ぎた……でも元は取れただろ……」

「僕も隼人くんに釣られて食べ過ぎちゃったよ……」

「歩くのきつい……喉から色々出てきそう……けどここの平日食べ放題ランチ、一度は来たかったんだよな」

店を出た隼人たちは腹ごなしとばかりに、特に当てもなくぶらついていた。

大通りの両側には多くのビルが建ち並び、そこかしこに看板が掲げられている。

多くは飲食店であり、居酒屋やスナック、バーといった、明らかに隼人と縁のない店も見受けられる。それだけに物珍しくて、ついキョロキョロとしてしまう。

そこへ伊織が話しかけてきた。

話を振るのが一輝でないのは、先ほどの元カノの件が尾を引いているからだろうか。

「で、どうするよ？」

「うん？」

「とりあえず当初の目的は果たしたけど、折角集まったわけだしさ、どっかで遊んでいかね？」

「あー、それもいいな。けど……」

「けど？」

折角こうしてわざわざ都心にまで出てきたのだ。このまま帰るのはもったいない。それに家に帰っても1人。他にやることもない。

だから伊織や一輝と遊ぶのは賛成だが、問題もあった。

「俺、ここに何があるかわかんないから、聞かれても何が出来るとかわかんねーぞ」

「そういやそうだった」

確かにとばかりに伊織が苦笑を零す。

隼人は何度かこちらにやって来ているものの、事前に何をするかどこへいくかはきっちりと定めていた。だから急に遊ぼうと言われても、よくわからない。

（そういや昔、春希とは目的もなく遊んでたっけ……）

かつてのことを思い返すも、当時と今では遊びの種類も違うだろうと自分に呆れていれば、一輝が顔をのぞいてくる。

「この間行った映画館にカラオケ、他にもゲームセンターにボウリングにバッティングセンターといった定番どころは粗方揃っているけど、僕としてはシャインスピリッツシティをお薦めするかな。ここからだとちょっと歩くけどね」

「それはありだな、あそこいろんな店があるだけじゃなく、イベント会場や水族館、プラネタリウムまであるし。オレも恵麻とよく行くよ」

「シャインスピリッツシティ……名前だけは聞いたことあるな？」

「ええっと、あそこはだね――」

シャインスピリッツシティ――ショッピングセンターをはじめ飲食店やイベントホールに様々な遊技場やテーマパークなどが集まった、いわゆる複合商業施設である。

月野瀬の田舎ではまずお目にかかれないもので、隼人は説明を受けてもいまいちピンとこない。

首を傾げていれば、にこにことした一輝が揶揄うように声を掛けてきた。

「隼人くんも二階堂さんとのデートのために、どこになにがあるか押さえておいた方がいいんじゃない？　いいところいっぱいあるしね」

「ばっ！　だ、だから俺と春希はそんなんじゃねぇっての！　って、そういうの詳しいのは、さっきの元カノと行ったからか⁉」

「おい、隼人！」

「あ……悪ぃ」

そして春希とのことを揶揄われてついカッとなった隼人が、仕返しとばかりに元カノの話を掘り返す。さすがに配慮に欠けた物言いに伊織が窘め、隼人も頭を下げる。

しかし一輝は何てことないように、むしろ気を遣わせて悪いといった風に肩をすくめ苦笑し、シャインスピリッツシティへと足を向ける。

顔を見合わせた隼人と伊織は、そんな一輝の背中を追いかけた。流れるような人通りの中、一輝はぽつぽつと話し出す。

「まぁアレは付き合ってたというより、お互い利用し合ってたって感じだったね。今考えると肩書きと付き合って、周囲と比べて優越感に浸っていたいだけだった。最低だった」

「一輝……？」

「だから色々周りを振り回してしまったし、進学と共に関係も解消（別れ）した。結局シャインスピリッツシティのことも調べはしたものの一緒に行かなかったしね」

「…………」

そして沈黙が訪れる。

雑踏がひどく喧しい。

一輝の表情はわからない。

隼人の顔がくしゃりと歪む。

（……ったく）

呆れたようなため息が零れる。隼人も一輝に振り回されたことがあった。

そこからわかることは1つ。なんてことはない。

一輝は色々わかった風でいて、ただただ不器用な奴、というだけなのだ。

――春希と同じで。

「痛っ！　隼人くん……？」

だから隼人は、少しむしゃくしゃした思いで、先を行く一輝の背中をバシッと叩く。

「バァカ」

「…………あ」

呆れた顔で苦笑いしつつ隣に並ぶ。それを見た一輝の目が見開き揺らめく。

そこへ伊織が追い付き肩を並べる。にかっと笑みを浮かべる。

「よし、んじゃ今日はオレのおススメ紹介していくぜ」

「任せた伊織。あ、金はあまり遣わないところで頼むな」

「……はは、それはいいね！」

一輝もすっきりとした笑みを浮かべて２人に応え、目的地へと向かうのだった。


シャインスピリッツシティは郊外にあり、それだけにかなりの敷地面積を誇っている。

60階建てのランドマークタワーを中心に折り重なるように様々な建物が広がっており、それだけで１つの街じみたものを形成していた。

隼人の知る複合商業施設と言えば、月野瀬の農産物直売所や地元特産品の売店やイートインスペースが混在した道の駅くらいである。あまりに想像の上をいく規模に目を丸くしてしまう。

「ここが……すげぇな……」

「色んなものがあるからなぁ。１日かかっても回り切れないし、だから何度来ても楽しめるぜ」

「な、なぁ、ここって入場料とか取られたりしないのか？」

「おいおい、そんなの取っちまったら買い物客なんて来ねぇだろ」

「そ、それもそうだな」

「ははっ、やっぱり隼人くんは姫子ちゃんとよく似てるね。うんうん、兄妹だ」

「うっせ、一輝。それに姫子と似てるって何だよ」

夏休みということもあって、隼人たちと同じくシャインスピリッツシティを目指して来た同世代の人々であふれていた。

その中でもやたら女子の姿が目に付く。

そして皆、一様に同じ場所へと向かっているようだった。

どういうことかと首を捻れば、伊織は得心がいったとばかりに声を上げた。

「あぁ、何か女子向けのイベントがあるのか」

「イベント？」

「シティ内にある広場でちょくちょく色んなことやってんだわ。テレビとかでも時々映る場所だし、芸能人にも会えるかもよ？　行ってみるか？」

「芸能人……」

その言葉を聞いて、隼人は顔をしかめた。

──田倉真央。

有名な女優、春希の母親。その顔が思い浮かぶ。

そしてあまり良い顔をしていないのは、隼人だけではなかった。

「あはは、僕はちょっと遠慮したいかな……さっき愛梨を見かけたから、その……」

「あーなるほどな。じゃ、別のところ行くか」

「……そうだな」

隼人は一輝に便乗する形で、イベント会場から別の方向へと足を進めるのであった。

春希たちが水着を買いにやって来たのは、シャインスピリッツシティの専門店街だった。

通路が各ビルを繋ぐ地下１階から地上３階にも亘る、回廊型のショッピングセンターである。

専門店街の名の通りバラエティ豊かな店が軒を連ねており、各ショップでは夏ということもあってプールや海に関するもののフェアが行われていた。

その一画のとある店で、春希は頬を引きつらせていた。

「はるちゃん、このタイサイドビキニとかどう？　せっかくだし冒険してみようよ！」

「し、下の結び目が紐っ!?　それもちょっとハードル高いかなぁ、なんて……」

「恵麻さんはこういうのどうです!?　ちょっと落ち着いたものの方がグッと大人っぽくなって、彼氏さんもグーッときてぎゅぅーんってなっちゃいますよ！　彼氏さんも！」

「あ、あはは、そうかな？」

頬を引きつらせているのは春希だけでなく伊佐美恵麻もだった。それだけ姫子のテンションが高い。

（ま、まぁでも悪い空気じゃないよね？）

待ち合わせ場所で伊佐美恵麻と会った時、姫子はいつものように人見知りを発揮しておどおどしていた。そして、そんな姫子を見る伊佐美恵麻の目も険しかった。

だが姫子はシャインスピリッツシティの規模に度肝を抜かれ興奮し、その時伊佐美恵麻がさらりと『彼氏とよく来る』と言ったのを聞いて、感情のリミッターを外してしまう。

彼氏という単語がよほど姫子の琴線に触れたらしい。そして懐いた。

相変わらず姫子はチョロい。伊佐美恵麻はたじたじだ。

「（ど、どうしてこの子を連れてきたのよ！）」

「（水着買うなら一緒の方がいいかな～って思って……こ、ここまで興奮するとは思わなかったけど……ごめん)」

「(そうじゃなく……あーもう、悪い子じゃないんだけどっ！)」

　春希は頬を引きつらせている伊佐美恵麻に、ごめんとばかりに苦笑いを返す。

「他にも似合いそうなのがあってね、はるちゃんはこれ、恵麻さんはこっち！」

「ちょ、これお尻が丸見えになるんじゃ⁉」

「こっちの色は大人しいけど編み上げレースアップ……でもこれはこれであり、うぬぅ」

　姫子のそれは「彼氏さんに！」「彼氏さんなら！」といった言葉を連呼したうざ絡みに近いものの、見立てのセンスは確かなものがあった。

　それに屈託のない笑顔と共に愛嬌を振りまかれれば、伊佐美恵麻も無下に出来ない。困った顔で笑いを零す。

「あ！　あっちのお店は、こるせっとびすちぇ？　なんか面白い型のフェアだって！」

「待ってよ、ひめちゃん！　持ってきたものを元に戻さないと！」

「あ、嵐のような子……」

　早く早くと言わんばかりに姫子が急かす。その足元はそわついている。

　春希と伊佐美恵麻は互いに顔を見合わせ眉間に皺を寄せる。

　ふと、真剣な顔を作った伊佐美恵麻は、一瞬ちらりと姫子を見やったあと、そっと耳打ちした。

「わ、私は二階堂さんの味方だからね」

「あ、あはは」

春希は姫子に振り回されっぱなしの伊佐美恵麻に、曖昧に笑った。

そしてしばらくの後。

「大収穫だったね、はるちゃん、恵麻さん！」

「そうね、色々迷ったけどいいものが選べたわ」

「あ、あはは……」

力なく笑う春希とは対照的に姫子は顔色をつやつやさせており、伊佐美恵麻もなんだかんだとほくほく笑顔を見せている。

水着選びは難航した。

なにせ数も種類も多く、どれを選んでいいかわからない。

春希は嬉々として選んでいた姫子と伊佐美恵麻を見て、「これが女子の買い物……」と戦慄していた。

ふと、先日隼人と一緒にスマホを選びに行った時のことを思い出す。

（そういや隼人、どれを選んでいいかわからないからスマホ持ってなかったんだっけ）

そのことを思い返せば、春希の喉（のど）が愉快気に鳴る。そこへ伊佐美恵麻が話しかけてきた。

「お昼、どうしようか？」

「んーっと……」

時間を確認してみれば午後2時を少し回った頃。お昼はとっくに過ぎている。

だけど空腹感よりも疲労感の方が強く、不思議とお腹は減っていない。それは伊佐美恵麻も同じな様で、互いに顔を見合わせてしまう。

すると姫子が急に、「んぅ？」と疑問の声を上げた。

「どうしたの、ひめちゃん？」

「いや、何かあるのかなって……ほら」

姫子が視線で促せば、どこかへ向かう人の流れが出来ていた。しかも春希たちと同じ世代の女子ばかりである。

案の定、姫子は好奇心に彩られた顔をしていた。春希は「あはは」と苦笑を零す。

「あそこは時計広場の方だね。多分何かイベントやってんじゃない？」

「イベントっ⁉」

姫子の瞳（ひとみ）が一層輝き出す。

そんな無邪気な笑顔でずいと迫られれば、伊佐美恵麻はたじろぎつつも「覗(のぞ)きに行ってみる?」と言うしかなかった。

シャインスピリッツシティの時計広場というのは、専門店街にある巨大な柱時計がシンボルになっているオープンスペースである。

地下1階から地上3階までの吹き抜け構造であり、天候に左右されないということもあって、様々なイベントが行われている。テレビ等メディアでもよく取り上げられる場所だ。

姫子も時計広場を見た瞬間に「あれ、見たことある!」と興奮気味に声を上げれば、周囲からくすくす笑いと共に注目を浴びて体を縮こませてしまった。

時計広場は同年代の女子でごった返していた。

彼女たちは皆、これから始まるイベントについて熱を上げながら囁(ささや)き合っている。

ステージ上に備え付けられている大型ビジョンには、見慣れたロゴ。

「あれ、あたしたちが使ってるスマホのキャリアの」

「姫子ちゃんたちもあそこのなんだ。でも、なんだろう?」

「……まぁ見る分にはタダだしね」

スマホのキャリアと彼女たちの関係がうまく結びつかない。首を傾げつつ端の方へと遠慮がちに陣取る。

しかしその疑問も、ステージにやって来た派手な印象の少女の登場と共に氷解した。

『みんなーっ！　今日は愛梨が超カメラ機能の新機種と、愛梨流加工アプリの使い方を披露しちゃうよーっ！』

ワッ、と耳をつんざくような黄色い大歓声が時計広場に轟き広がる。

春希はそのあまりに大きな喝采の音量に、ビクリと身を震わせた。

「はるちゃん、愛梨だよ、愛梨！　わぁ、本物だ、本物！　はるちゃん！」

「え、うそ、それで……って、一緒に撮ったのを加工してくれ……くっ、抽選か！」

「あぁ、なるほどね……」

若干引き気味の春希と違い、姫子と伊佐美恵麻は完全に浮き足立っていた。

前の方ではスタッフが出てきて整理番号が配られているのが見える。

佐藤愛梨はこの数か月で頭角を現してきた、春希でも知っている読者モデルだ。

姫子から貸し出された雑誌にもよく載っていて覚えている。人気があるのだろう。

とはいえ春希にとって顔は知っている、その程度の認識である。２人ほどの思い入れがあるわけでもない。

「その、ボクちょっと疲れちゃったからさ、向こうで休んどくよ。ひめちゃんと伊佐美さん、2人で行ってきなよ」

「えっ、はるちゃんいいの⁉」

「あ、二階堂さん――」

春希は返事を待たず、その場を後にした。その瞳はどこか硬い。

去り際にちらりと舞台を見る。時計広場の様子がぎりぎり分かるくらいまで離れた春希は、ふぅ、と大きく息を吐いて背中を壁に預けた。

佐藤愛梨に思うところはない。

だが芸能人に思うところはある。

（…………お母さん）

ぎゅっと片手を胸にあてる。何かがせり上がってきそうになるのを必死で抑えつける。

つい先日も疎まれたばかりだ。今度は知らず、叩かれた頬に手を当てる。

佐藤愛梨はモデルだ。

女優ではないし、関係ない。接点もないはずだ。

だけどもし、ここで母親と遭遇したら――そんなことを考えると、早く家に帰りたい気持ちでいっぱいになってしまう。

そしてどういうわけか帰るべき場所として思い描いたのは、自分の家ではなく、隼人のマンションだった。

しかも当たり前のように出迎えてくれる隼人の姿付きだ。

「……くすっ」

そんなことを考えてしまった自分がおかしくて、思わず変な笑いが出てしまう。

先日はいきなり母を目の前にして逃げ出してしまった。不意打ちで、覚悟がなかったというのもあるだろう。もし今出会ったとしても、たとえ後で折檻が待っていたとしても、泰然と受け入れられる――そんなことを思っていた時のことだった。

「君は愛梨のところへは行かないのかい？」

「っ⁉」

「君たちの世代で大人気、のはずだけど……まぁ癖の強い性格でもあるからなぁ」

「…………あなたは？」

ふいに声を掛けられビクリと肩が揺れる。

顔を上げれば春希の目に30は過ぎていると見える、ピシッとスーツを着こなした、端整な顔立ちのスラリとした男性が目に入った。

周囲には誰も居ない。居ても意識は時計広場に向いている。

春希は状況も相まって警戒心を引き上げるもしかし、何かが引っ掛かった。

「おっと、今日も君を見つけたのは偶然なんだ。その、病院では失礼をしたね」

「…………ぁ」

男は困った表情を作り、おどけた様子で両手を上げた。

ふと病院で出会ったことを思い出す。意外な相手だった。

だけど、どうして自分に話しかけて来たかはわからない。あの時も、そして今も。

まじまじと観察する。

改めて記憶をさらってみるも見覚えのない相手だ。自然と顔も強張ってしまう。

「はは、睨まないで欲しいな。せっかくの可愛い顔が台無しだ」

「……それはどうも、こういう顔です。ナンパならお断りです」

「違う違う、あー僕はその、このイベントの関係者でね」

「その関係者さんがボクに何か？」

「君は今でも十分綺麗だが、磨けばすごく光ると思う。それこそ、あそこにいる愛梨よりも。芸能界に興味とか、あったりしない？」

「……っ！　いえ、まったく、これっぽっちも……っ」

「あぁ、ごめんごめん！　これは職業病のようなもんでね」

「他、を、当たって、くださいっ！」

春希はどんどんと苛立ちを募らせていく。何もかもが気に入らなかった。

男のどこか軽薄そうな態度も、飛び出す話題も。考えたくもない。

その感情を隠そうともせず踵を返しこの場を立ち去ろうとすれば、背中に男の鋭い声が掛けられた。

「――田倉真央」

「っ⁉」

肩がビクリと跳ねる。

振り返ってみれば、先ほどとは打って変わって真剣な――否、深刻な顔で、確信と共に春希を見据えていた。

意識が、感情が揺さぶられる。

田倉真央――それは春希にとって特別な意味を持つ言葉であり名前だ。

その関係は決して公にしていないし、してはならない。秘密なのだ。

だからどうして、春希は目の前の男が春希を前にしてその名前を言ったのか理解できない。いや、予測はできる。だがこれ以上考えたくもない。頭の中はぐちゃぐちゃだ。

動揺の極致だった。握りしめた手のひらに爪が食い込み血が滲む。

急速に頭が冷え込んでいくのを自覚する。

耳が、脳が、心が、男の言葉を否定しろと叫ぶ。だが、どうしていいかわからない。必死になって考えても、いい言葉が浮かばず焦りばかりが募る。ぐるぐると意識が定まらない。

「君は――」

だというのに男が言葉をつづけようとした瞬間、春希は反射的に身体に染みついた良い子の仮面を被っているのだった。

「なんのことでしょう？」

「――ッ!?」

とても嫋やかで、澄み渡る声色だった。

場の張り詰めた空気が一瞬にして春希によって塗り替えられていく。

まるで何も事情を知らない無垢な少女の疑問そのものの言葉であり、そう思わせる迫力もあった。そしてにこりと微笑み小首を傾げれば、男も思わず息を呑む。

それは見る者すべてを魅了する、長年培ってきた経験が為せる完璧な擬態だった。

男の意識が、目が、春希に縫い留められ、圧倒されてしまう。

「確か女優さんの名前ですよね？　私、そういうの疎くて……それに興味もなくて、その、ごめんなさい」

「……………え、あ、その」

春希自身も困惑していた。どうして猫を被った(こうなった)のかわからない。

感情が荒れ狂っているにもかかわらず、意識だけはやけに冷えて冴(さ)えわたり、すらすらとどうすればこの場を無難に後に出来るか計算(演じて)していく。

自分でも呆(あき)れてしまうほど滑稽(こっけい)な演技だった。

だが、この場の空気を、確実に支配するものだった。

「それでは、私はこれで」

春希は楚々(そそ)と微笑み、くるりと身を翻しこの場を後にしようとする。

まるで男がこの場で春希を見送ることこそが自然と感じてしまう、流れるような綺麗な所作だった。事実、男は見惚(みと)れていた。

「…………っ！　って、君っ！」

そして、我に返った男の言葉を背で受け止めると同時に、春希は全力で駆け出す。本能的な行動だった。

（――――――っ！）

頭の中は先ほど以上にぐちゃぐちゃだった。肌を粟立(あわだ)たせる感情を振り払うかのように走る。

流れる景色と共に、胸に流れ込んでくるのは渇望、失意、恐怖、疎外感。あるいは孤独、悲嘆、良い子でいるということ——幾度となく向けられた、邪魔なものを、イヤなものを、扱いに困るものを見る母の瞳が脳裏を埋め尽くす。

隼人と再会してからは無縁になっていたそれらが、無理矢理にも抉りだされる。

それらはとっくに慣れたはずのものだった。

だというのに、今までにないほど心臓が早鐘を打つ。

背筋には嫌な汗が滝のように流れ出す。

青白くなっている唇は、噛みしめ過ぎて血がにじむ。

（ボクはっ、1人じゃっ、だめ、違っ、頼っ、迷惑——っ）

端から見ても明らかに尋常じゃない様子だろう。

しかもこんな人通りの多いモールで全力疾走。目立たないわけがない。

だが、今の春希にはそんな自分を客観視する余裕もない。

「春希っ！」

「……え？」

春希の耳に、鋭いが馴染みのある——今一番聞きたかった声が飛び込んできた。

一瞬、意識が刈り取られる。足が止まる。気付けば腕を掴(つか)まれていた。

「どうした、何があった⁉」

「隼、人……？」

振り返れば、息を切らしている隼人がいた。

何故？　どうしてここに？

予想外の、あまりに自分に都合のいい展開に、状況が理解できない。

だが春希を捉(とら)える眼差(まなざ)しはひどく真剣で、それが少しばかり冷静さを取り戻させる。

よくよく見れば隼人の背後からは、遅れて追いかけてくる一輝と伊織の姿が見える。どうやら一緒に遊んでいたようだ。

掴まれている腕を見る。顔をみれば額に汗。

「…………」

「あはは、えっと……」

それが彼らより自分を優先してくれたような気がして、ちょっぴり嬉(うれ)しく感じる。そんな自分に少し呆れた笑いが出ると共に気が緩む。

互いに顔を見合わせる。さっきの自分が普通でなかった自覚はある。

春希は何かを説明しなければと、口の中で言葉を転がすものの上手(うま)く纏(まと)まってくれない。

だから春希は困った顔で、今の胸の内を素直に吐き出すことにした。

「……ボクもわかんないや」

「…………は？」

そしてあることに気付く。すんすんと鼻を鳴らす。眉間に皺を寄せ、拗ねた声を出す。

「焼肉の匂い、ずるい」

「あーいや、これはだな……」

「……ふふっ」

春希はそんな慌て始めた隼人を見て、困った眉の形のまま悪戯っぽい笑みを零した。

シャインスピリッツシティには時計広場とは別に、屋外に大型展示ホールが存在する。ビジネスショーや物産展、キャラクターイベントのほかにも同人誌即売会も開かれることがあり、伊織はイベントの告知を見て『コスプレか……』と真剣な表情で呟いていた。

ここはシティ内の僻地にあり、何も催し物がない時は今のように閑散としている。人目を避けて休むには絶好の場所とも言えた。

「大丈夫か？　ほれ」

隼人はペットボトルのお茶を差し出し、そして春希の隣に腰かける。

「あ、うん、ありがと……あれ、海童や森くんたちは？」

「姫子や伊佐美さんと合流して、イベント終わってからこっちに来るってさ」

「……そっか」

どうやら色々と気を遣われたらしい。

互いに何も言わず、そっとお茶に口を付けた。

木陰になるよう計算され植樹されたベンチに、サァッとビル風が吹きつける。

空を見上げれば流れ行く白い雲。

周囲を見回せば月野瀬とは違って木々や山でなく、無機質なビルや人工建造物に囲まれている。

目に映る光景はかつてとは違う。

だけどかつてと同じ様に、隼人が何も言わず寄り添ってくれている。

――あの日、再会して新たに交わした約束通りに。

ちらりと横顔を見る。

本当の特別になりたいと、強くなりたいと、そんなことを宣言していながらこの体たらく。なかなかうまくいかない。そんな自分が情けない。大きなため息を１つ。

「……んっ」

よし、とばかりにお茶を呷り、弱気な気持ちも一緒に呑み込んでいく。

だが隼人はそれを許してくれなかった。

「――田倉真央、か？」

「んぐっ⁉　げほっ、けほけほけほ、うぐふっ……」

「す、すまん、タイミング悪かった！」

「けほっ、だ、大丈夫……っ」

不意打ちだった。思わず咽てしまい、春希は涙目で隼人を睨む。

だが心配そうにこちらを見つめる瞳が飛び込んでくれば、気まずい表情で目を逸らしてしまう。

「春希……」

隼人の瞳は春希を思い憂う色を湛えていた。嬉しくもあり、同時に申し訳なくも思う。

そんな負い目もあって、春希はとつとつと先ほどあったことを呟いていく。

「……ボクもね、よくわかんないんだ。さっき佐藤愛梨のイベント会場でボクと田倉真央を知ってそうな人に声を掛けられて、わけがわかんなくなっちゃって、それで……」

「そうだったのか……」

「あはは、やっぱり上手く説明できないや。ボクの存在を知ってる人なんて月野瀬の人以外だと限られるはずだしさ、頭が真っ白になっちゃって、その……」

それは春希の忌憚ない気持ちだった。あははと俯き乾いた声が漏れる。

我ながらどうかとも思う。だが、上手く説明もできない。

相手のことも――そもそも母のことも、ロクに知らないのだ。眉をひそめてしまう。

「……母さんがさ、倒れて入院したのって2度目だったんだ」

「え、隼人……？」

「その、命に別状はないんだけど後遺症というか、手先が麻痺まではいかないけど、上手く動かせないんだ。今必死にリハビリしているところだけど」

「…………」

突然の話題転換だった。

しかも、他人においそれと話すような内容でもない。

春希は瞠目し、隼人の顔を見上げるも、その目はどこか遠くの方へと向けられている。

そして続きを紡ぐ言葉は、どこか早口だった。

「きっとリハビリが終わっても、前みたいな生活はできないかもしれない。色々振り回されるとも思う。でもそういうのは別に構わないっていうか、その、あー、なんていうかだなっ！」

「わっぷ、隼人ーっ⁉」

そこまで一息に言い切った隼人は、その心境を表すかのようにぐしゃぐしゃと春希の頭をかき混ぜる。

突然のことに春希が抗議の声を上げれば、隼人は相変わらずそっぽを向いたまま、顔を耳まで真っ赤にしてぶっきらぼうに言い放つ。

「迷惑なんていくらでもかけてくれてもいい。だけど、心配だけはさせないでくれ」

「へ？　あ……あぅぅ……」

それは隼人の素直な気持ちが込められた言葉だった。

先ほどの春希の説明同様めちゃくちゃで、だけど、どこまでもその本心が伝わるものだった。

だからするりと春希の心に入り込んでくる。

それがよくわかる。胸を満たす。

「……」

「……」

　頭に乗せられた隼人の手のひらから伝わる熱はあまりに温かで、春希の冷えていた心を溶かしていく。体全体に伝播(でんぱ)し熱くなる。直接触れている頭は茹(ゆ)だってしまう。

　でもそれがどうしてか嬉しくて、だけど気恥ずかしくて、どうしていいか分からず身動(みじろ)ぎしてしまう。このままの空気に浸っていたくなる。

　2人して、顔を真っ赤にしてそっぽを向いていた。だけど手のひらと頭でだけ繋(つな)がっている。その光景は、想像しただけでも滑稽(こっけい)だ。

　だから春希と隼人は互いに笑みを零す。

　それは幼少期から幾度となく紡いできた光景とも同じであった。

　変わらないやり取りに空気が緩む。

　それに気持ちが解(ほぐ)れた春希は茶化すように、誤魔化すように、そして甘えるように悪態を吐く。

「あーもう隼人ったらまた、ボクを妹(ひめちゃん)と同じ様に扱ってるでしょ」

「……そうだな、生まれた年も早生まれで1つ違うしな」

「生意気っ……まぁいいけど。でもこんなの他の人にやっちゃだめだからね？　迷惑かかっちゃうし」

「やんねーよ。春希はその、俺にとって春希だからな」

「あはっ、なんだよぅ、それ」

「……なんでもいいだろ」

より一層くすぐったい空気が流れる。どこか強張っていた互いの表情も溶けていく。胸はこそばゆい。だが悪くない。

「はるちゃーん！　はるちゃんはるちゃんはるちゃん、あのね、凄かったの、近くでね、抽選は当たらなかったけどね、握手、初めてで、ほんもので、芸能人で！」

「「っ⁉」」

そこへ興奮気味の姫子の声が聞こえてきた。

慌てて弾かれたように距離を取りそっぽを向く。

よくよく見れば手をぶんぶんと振っている姫子だけでなく、一輝に伊織、伊佐美恵麻の姿も見える。どうやら無事合流して、イベントも終わったらしい。

ガリガリと頭を掻いて立ち上がった隼人が手を差し伸べてくる。

「俺たちも行こうか」

「……うんっ」

そして春希は子供の様な笑みを浮かべて、その手を取るのだった。

幕間

ただ月に望み、謳う

昼間の熱がやわらぎだす夕暮れ時。

月野瀬(つきのせ)の山、その中腹にある古めかしい社殿が茜色(あかねいろ)に染められていく。

月野瀬神社(つきのせじんじゃ)の歴史は古い。今の社殿も江戸時代に建てられた当時の姿を残している。

その社務所のすぐ裏手には打って変わって近代的な家屋があり、そのキッチンで沙紀(さき)は、針に糸を通しているような真剣な表情を作っていた。

「醤油(しょうゆ)大さじ4、みりん大さじ4、お酒大さじ4、砂糖大さじ4………っ」

表情だけでなく手も緊張で強張らせながら、きっちりと計測した調味料を鍋(なべ)へと入れていく。

そしてふわりと香りが広がり鼻腔(びこう)をくすぐれば、沙紀は少しだけ口元を緩めた。

「そんなにきっちり量らなくても大丈夫よー、時間もかかるでしょー」

「い、いいの、お母さんは黙ってて～っ！」

「はいはい、落とし蓋忘れてるわよー」

「っ⁉　い、今からするところだったの〜っ！」

指摘されて、慌てて木蓋を落とす。

沙紀が母の監修のもと作っているのは、肉じゃがだった。

細切れの肉を油で炒め、大きめの乱切りにしたジャガイモとニンジン、櫛切りにした玉ねぎを入れさらに炒める。そこへ出汁と調味料を入れて白滝も加え、灰汁を取って煮詰める。

家庭的な料理の定番の1つだ。それはきっと、隼人にとってもそうだろう。

（ぅぅ……ちゃんと出来てるかなぁ？）

まずは堅実に、レシピ通りに。変な冒険はしない。

最近の沙紀は、このように夕食の一品を作ることが多い。それは来年、高校進学とともに村を離れるからという理由があった。

月野瀬では決して珍しいことではない。最寄りの高校まで片道2時間、村を出る人も多い。その際、寮のあるところを選ぶのが慣例で、食事の心配はないのだが。

（わ、私だってお料理のお手伝いできるようになるんだから〜っ！）

動機は春希だった。

作ってもらってばかりで悪いと、最近隼人やみなもに積極的に習っているという。

今までは野菜を切ったり皮を剝いたり調味料や道具の受け渡しだけだったのだが、ここのところは簡単な調理は任せてもらったりしているらしい。

その姿を想像した沙紀は少し、いや正直なところかなり嫉妬した。

このことばかりはどうしようもないとはわかっていても、１年の生まれの差を歯痒く思う。

ことことと音を立てる落とし蓋を見る。味の出来栄えが気になる。

ちゃんとできているだろうか？　おいしいと思ってもらえるだろうか？　そもそも、どんな味付けが好みなのだろうか？

「男の子ならやっぱり、ごはんの進む濃いめの味付けの方がいいんじゃない？　隼人くん、猪解体の後のバーベキューでたっぷりのタレ付きの肉をごはんに載せてたわよー？」

「っ!?　お母さん〜っ！」

そしてまるで心を読んだかのような母親のツッコミに、抗議の声を上げた。


夕食後。

夏祭りも近付いているということもあって、沙紀は神楽舞の練習を欠かさない。

だが今日の練習は、精彩を欠いたものになっていた。

いていた。


「お母さんったらもう、お肉のこと言ってくれてもよかったのにぃ～っ！」

練習後シャワーで汗を流した沙紀は、ぷりぷりと不機嫌さを隠さず廊下をのしのしと歩いていた。

その原因は肉じゃがである。猪の肉は少々獣臭かった。

「なにが『猪はお酒や薬味で事前に臭みを取らないとねー』なのよ～っ！」

沙紀の調べたネットのレシピでは、クセの強い猪肉の下処理なんて載っていない。そもそも流通を考えれば、使うことは想定されていない。

完全に沙紀の母が、豚の代わりに仕掛けたトラップだった。月野瀬あるあるトラップである。

ちなみに沙紀は『隼人くんに披露する前に気付いてよかったわねー』と揶揄（からか）われ、『違うもん！』と完全にヘソを曲げていた。

「…………ぁ」

自分の部屋に戻った沙紀は、ベッドの上に置いていたスマホが通知を告げているのが目に入る。グルチャのようだ。

今日は何の話題が飛び出しているのだろうか？

今日の隼人は何をしていたのだろうか？

今日は——春希となにか劇的なことは起こらなかっただろうか？

先ほどまでの母への怒りはどこへやら、頭の中は期待と不安と羨望（せんぼう）がない交ぜになってしまい、画面を開くのを躊躇（ためら）ってしまう。

ベッドの上で正座になり、スマホを両手で胸の前で抱えて深呼吸。

「よしっ！　…………んん？」

気合いを入れてログに目を通して行けば、一瞬バグか何かと目を疑う。それだけ、ひたすら姫子（ひめこ）が暴れていた。

『芸能人が生』『本物で間近の』『テレビで見た場所』『カメラ初めて見た、おっきい』『映ったかもしれない』『服もっとちゃんと選んどきゃよかった』『おにぃのせい』

文面から見るに、どうやら出先の場所でイベントがあって芸能人を生で見たらしい。それでこのはしゃぎようである。延々とその興奮が綴（つづ）られている。

沙紀はこのいつもの姫子らしい親友のはしゃぎようにくすりと笑いが零（こぼ）れ、強張っていた頬が緩んでいく。

そして最新部分に追いつけば、話題はすっかり変わってしまっていたが、姫子の勢いはそれでも変わっていなかった。だがそれは姫子だけではなかった。

『ずるい、ずるいずるいずーるーいーっ！　おにぃだけ焼肉ずるい！　ロース、カルビ、牛タン、ミーノーっ！』

『食べたんだ……ハラミ、みすじ、ランプ……隼人食べたんだ……本能の赴(おもむ)くまま食べたんだ……』

『あれは腹が苦しいなんてもんじゃない、限界への挑戦だったな。時間制限もあるし戦略も必要で何より——体重とかリバウンドとか気にして突撃はできないものだな』

『『ぐぎぎぎ……っ！』』

いつものじゃれ合いのようなものだった。

姫子も春希も、自分も焼肉が食べたい、隼人を責めたいんじゃなくて、1人で食べ放題に行った隼人に拗(す)ねて駄々をこね、甘えているだけというのが分かってしまう。そして隼人もそれを分かっているのだろう。

これは沙紀がかつて月野瀬で、遠巻きに指をくわえて散々見ていた光景そのものであり、その輪に入りたいと願って止まなかったものでもあった。

羨(うらや)ましかった。春希が。

再会してすぐ、親友であり誰よりも距離が近い妹の姫子と同じ距離感である春希が。

何もしなければ何も変わらないということが身に染みて分かっている。必要なものも分かっている。積極性だ。大きく息を吐き、よし、と胸で握りこぶしを作る。

『こんばんは。お兄さん、焼肉食べに行ったんですか？　姫ちゃんや春希さんに内緒で』

『む、村尾さん!?』

『あー、沙紀ちゃん！　おにぃったらね、あたしたちに黙って焼肉食べ放題に行ったの、食べ放題に！　何も言わずに！　ひどいでしょ!?』

『しかもさ、ボクたちには「リバウンドがー」「皮下脂肪がー」って脅すんだよ!?』

ドキドキしながら、すこし意地悪なコメントを打ち込む。

嫌われたりしたらどうしようとドキドキしたものの、姫子も春希も話に乗ってくれて、隼人も突っ込むような声を上げてくれる。そこにはほんの少しだけ、普段の沙紀からぬ突っ込みに慌てふためいている様子が伝わってきた。

それがなんだかおかしくて、ほんの少し、隼人が年上なのに可愛いだなんて思ってしまう。気安い間柄だからこそできる、沙紀の焦がれた予定調和のやりとりがそこにあった。

頬が緩み、胸が騒めく。だから、ほんの少し自分の望みを交えてチャットに謳う。

『じゃあ意地が悪いお兄さんはお詫びとして、月野瀬に帰ってきた時にバーベキューでひたすら焼く係になってもらいましょうか』

そわそわしながら返事を待つ。

今までの沙紀では言わなかっただろう、沙紀にとっては大胆な提案だった。

『わぁ、バーベキュー！　あたし串に刺したお肉食べたい、タレがたっぷりのやつ！　それから甘辛い特製スペアリブも！』

『ボクは鶏に香草を詰めてまるっと焼いたのを食べたいです！　あ、そういや隼人さ、こないだ火の付け方にコツがあるって言ってたね。それ、ずっと気になってたんだよね！』

『姫子それすっごく手間が……ってわかったから小躍りするな、階下に響く怒られる！』

姫子の機嫌も一瞬にして直ったようだった。

沙紀は親友の相変わらずのチョロさに「あはは」と苦笑いをするとともに、何かが心に引っかかった。すぐには分からない。

だけどそれは、決して無視してはいけないと、本能が訴えている。

そして沙紀がそれに思い至る前に、春希より答えが告げられた。

『てわけで沙紀ちゃん、ボクも月野瀬に行こうと思うんだ。色々お願いしていいかな？』

「……あ」

思わずスマホを手に呆けた声が出てしまう。

二階堂春希が月野瀬に来る――好奇や興味からの心無い視線や言葉に晒されるとしても訪れるという、春希の覚悟を決めた言葉だった。

『……春希も行くのか？』

『わぁ、はるちゃんも行くんだ！　なら一緒に祭り用の浴衣とかも見に行こうよ！』

『うんうん、せっかくだからね。浴衣かぁ、うん、それもいいね』

『ふふ、じゃあ私は精いっぱいおもてなしさせていただきますね』

　春希の中の何かの強さを、変化を明確に感じた。

　心臓がバクバクと、チャット越しに聞こえやしまいかと心配になるくらい、荒ぶっている。沙紀は自分で思っている以上に動揺しているらしい。

『じゃあ、具体的な日取りですけど、祭りの日は――』

　そして、それを悟られまいと他の話へと誘導する。幸いにして話題に食いついた霧島兄妹が、放置していた月野瀬の家の掃除がどうこうという話へとシフトし、安堵のため息を吐く。

　だがそれも、ふと個人宛に届けられたメッセージによって、動揺は一層激しさを増すのだった。

『月野瀬に行った時、相談があります』

　何について、とは書いていなかった。だがその何かなんて容易に想像がついてしまう。

　一瞬にして頭が真っ白になってしまった沙紀は、この日春希からのメッセージに返事することはできず、ただ月を眺めるのだった。

第5話 幼年期の想いの終わり

隼人たちがプールに行く日。

その日は雲一つない快晴だった。

こうじえん。

そこが本日訪れたところだ。正確には国内有数の規模を誇るこうじえん遊園地に併設されている、夏季のみ営業しているプールである。

子供用の浅いプールに、深さ3メートル以上もある足の着かないプール、流れるプール、波の出るプールといった様々な種類のプールが揃っている。

そして幾多の配管が施された工場のような、要塞のような巨大なウォータースライダーが目玉であり、その威容は隼人たちが駅から出た瞬間に目に飛び込んできて度肝を抜く。

「「すっご……っ！」」

月野瀬ではまずお目にかかれない巨大アミューズメント施設である。

　そんなものを目の当たりにすれば圧倒されるのは当然であり、隼人と姫子（ひめこ）は呆けたように口を開け、しかしキラキラと期待に目を輝かす。

「おにぃ、あれ滑る！　いっぱい滑る！　5種類あって、いっぱいで、全部制覇！　回る！　ぐるぐる！　いっぱい！」

「お、落ち着け姫子！　波のプールに逆行して泳いだり流れるところは浮き輪で流されたりするってのもあるんだぞ」

「わ、わわわ、わーっ、それもいい！　どどどどどうしようおにぃ！　なにをどうすればいいかな!?」

「いっそのこと全てやればいいんじゃないかな!?」

「「っ！？！？！？！？」」

　そんな霧島（きりしま）兄妹の間に、やけにテンションの高い春希（はるき）が割って入る。

　ちなみに、はしゃぐ隼人と姫子を見た一輝（かずき）と伊織（いおり）は互いに顔を見合わせ肩をすくめ、伊佐美恵麻（いさみえま）は「……あの2人、本当に兄妹なのね」と呟（つぶや）いていた。

「有料だけど、ウォーターライド系のアトラクションもあるみたいだね！　うんうん、これは別に泳げなくても十分に楽しめるんじゃないかな？　かな!?」

　どこか必死さをも感じさせる様相に、ふとその理由に思い至った隼人と姫子は、急に慈愛に満ちた表情に変わる。

「そうだな春希、これならカナヅチだなんて恥ずかしいことがバレずに楽しめるな」

「大丈夫だよはるちゃん、泳げないくらい。ちょっと深いところとか泳がなきゃな場所に行くとき仲間外れにされるくらいでさ。その、山育ちのあたし達でも泳げるけど……」

「は、恥ずっ⁉ 仲間外れ⁉ ぐ、ぐぬぬ……っ」

春希の顔が羞恥(しゅうち)と悔しさに歪(ゆが)み、皆(みんな)の口から笑いが零れる。

真夏の太陽が燦々(さんさん)と輝き、今日もとても暑くなりそうだった。

早速とばかりにチケットを買って入場し、男女に分かれて更衣室に入る。

やはり着替えとなれば、男子より女子の方が時間をかける。

こういう時、姫子に待たされることの多い隼人はいつも不満しかなかったが、今日は目に飛び込んでくる光景に胸を躍らせていた。

「はぁ、あらためて凄(すご)いな……っ！」

ため池どころかちょっとしたダムほどの規模の水場全てがレクリエーションのための施設なのである。自分たちと同じ若者たちが大勢訪れ水を満喫している。

彼らの楽しそうにしている空気に当てられ、隼人のテンションも更に上がっていく。

そこへ同じくテンションの上がっている伊織が、「へへっ」と声を弾ませながら肩を叩いてきた。

「凄いよな、隼人」

「そうだな、人もいっぱいだし、目を惹くものもいっぱいだ」

「あぁ！　小さいのも大きいのも色んなもので目移りしちゃうよな、ぐふふ……っ！」

「……伊織？」

伊織の妙に熱を帯び、下卑た色の笑い声が聞こえてきた。どういうことかと隣を見れば、だらしなく頰を緩ませている。

隼人が首を捻れば、伊織は目線である場所を指し示す。

「あのグループとかよりどりみどりって感じで見ごたえあるよな」

「っ！！？！？」

「いやぁ、いいね！　女子大生かな？　なんかこう、同世代にはない色気というか大人の豊潤さというか……ぐふ、たまらんですなぁ」

「ちょ、おまっ！」

その行き着く先は胸だった。おっぱいだった。

一瞬にして頭に血が上ってしまった隼人は慌てて目を逸らすも、どこに視線をやっても眩(まぶ)しい肌色が目に飛び込んでくる。

当然ことながらプールなので、周囲はみな水着姿だ。薄い布切れ1枚だけだ。身体のラインもよくわかる。

様々な胸だけでなく、くびれや腰回り、お尻(しり)や太ももが惜しげもなく晒されていれば、頬に熱を持つのを自覚し、あたふたとしてしまう。

「おいおい隼人、その反応は彼女たちに失礼じゃないか？」

「いやいや失礼って、伊織、お前な……」

「なぁ、よく考えてみろよ。ここはプールだぞ？　見られるというのは当然分かっているはずで、それでもここに来ているってことは見られてもいい……いや、むしろ周囲に見せつけるために来ているんだッ！」

「な、なんだってっ⁉」

隼人に、いきなりガンと後頭部を殴られたかのような衝撃が走る。

そしてちらりと周囲を見回せば、なるほど、確かに伊織の言うことにも一理あるなと思ってしまう。

水着姿の彼女たちの顔は、皆一様に自信に溢(あふ)れていた。

下着姿とほぼ変わらない布面積だというのに、恥ずかしがり畏縮している者などいない。

おそらくはこの日のために身体を磨き上げてきたのだろう。

春希や姫子が躍起になってダイエットしていたのを思い出す。

「僕はその、今日は友達と来ているから――隼人くん、伊織くん！」

「えー、いいじゃんいいじゃん、ならその友達も一緒にさ、ね？」

「ていうかキミの友達もどんなんか気になるー、ね、どんな感じ？」

「ちょ、おい、一輝⁉」

そこへ、困った声の一輝がやってきた。

素早く隼人と伊織を盾にするかのように陣取るが、伊織はするりと抜け出しその場を去って、隼人だけが取り残される。

後ろからは少し年上と思しき派手な女の子が２人。

どうやら少し目を離した隙に逆ナンされていたらしい。

彼女たちを見てみる。なかなかに整った顔立ちとプロポーションだ。自分に自信もあるのか、堂々としている。少し離れた所で伊織も思わず「ひゅう」と口笛を鳴らす。

ある意味、この入念な準備と心構えが必要とされるプールという場は、女の戦場なのだろう。彼女たちは正しく戦士であり狩人だった。

「へぇ、悪くないじゃん。キミたちいくつ？　なかなか可愛い顔ね」

「わ、そっちの子もなかなかいい身体してんじゃん！　あーし筋肉好きー！」

「っ⁉」

だが隼人はこういった手合いが苦手だった。

獲物を見定めるかのような視線に、ムッと眉を寄せて恨めしい気持ちで一輝を見る。

すると、ごめんとばかりにすまなそうな顔で片手を目の前に上げられれば、はぁ、とため息を1つ。どうしたものかとガリガリと頭を掻いた時のことだった。

「わ、わ、わ、見て見てはるちゃん、恵麻さん！　逆ナンですよ、逆ナン！　わ、わ、本当にあるんだ⁉　ていうか一輝さん、本当にモテるんだ⁉」

「「「っ⁉」」」

姫子だった。

その背後にはムッとしているような、呆れているような春希と伊佐美恵麻の姿も見える。

プールで逆ナンというシチュエーションを目にしたためか、その声はいつもより興奮で大きく、指差しながら周囲に喧伝している。正直ちょっとウザい。

「ど、どどどどうするんですか、一輝さん⁉　逆ナンされちゃうんですかお持ち帰りされちゃうんですかどっちが好みなんですかきゃ――っ！！？！」

「あ、あーその、友達と一緒のところを邪魔しちゃ悪いわね」

「そ、そうね、あーしたちはこれで、じゃ、じゃあね……っ」

「は、はは、姫子ちゃん……」

姫子、そして春希と伊佐美恵麻の姿を見た派手な女の子たちは、そそくさと、まるで逃げるようにこの場を去って行く。

だがそれも仕方がないことと言えた。3人ともかなりレベルの高い美少女なのである。

スラリとした姫子は胸元のフリルやリボンが特徴的なパステルカラーのフリンジビキニがよく似合っている。自分の弱点を補うためのチョイスなのだろう。

伊佐美恵麻は部活で引き締まった健康的な身体を、黒のタンキニで包み、いつもより大人っぽく演出している。伊織が見とれて言葉を失っているほどだ。

春希はといえば、シンプルなデザインの、しかしボトムの紐が少し大胆なタイサイドビキニだった。色もピンクと可愛らしく、だけど小悪魔的なまさに春希らしい装いだ。長い髪も今日は三つ編みにして1つに纏めておろしている。隼人も思わずごくりと喉を鳴らす。

その春希はこの格好が恥ずかしいのか、もじもじと両手の指を絡ませながら恐る恐る上目遣いで尋ねてくる。

「ど、どうかな？」

「可愛い」

「「……っ⁉」」

一瞬にして隼人と春希の顔が赤く染まる。

それは咄嗟に転び出た言葉だった。だが、少なくとも男友達には決して言わない類の言葉だ。隼人は慌てて口を開くが――

「あ、いやそのこれは、今のやっぱ無し――」

「…………うれしい」

「――ってのも、無しで……」

「……うん」

そして更に2人の顔が朱に染まっていく。

互いにどう反応していいかわからずもじもじしてしまい、視線をあちこちへと彷徨わせてしまう。挙動不審になってしまう。

心臓も痛いほど早鐘を打ち、頭もまるで熱にうかされているかのように覚束ない。だけど悪い気分じゃない。それが隼人の中の何かを困らせる。

「は、隼人くん、助けてっ――」

「逆ナンは初めてなんですか、よくあることなんですか、付いてったり連れていかれたり

したことあるんですか、どういう人が——あ、待ってくださいってばーっ！」

そこへ先ほど以上に悲痛な声を上げる一輝の声で我に返る。どうやら姫子に絡まれ音を上げたようで、助けを求めている。隼人と春希は顔を見合わせ呆れた笑みを零す。

「隼人、行こっか」

「そうだな」

隼人はやれやれといった様子で自然と春希に手を伸ばし——そしてその手は空を切る。

「……隼人？」

「っ！　あ、あぁ今行く」

春希は既にみんなの方へ向かっていた。追い抜いていった後ろ姿から、まだ赤いままの耳が見える。

隼人はその手をしばし見つめ、そしてその手でガシガシと頭を掻いて姫子と一輝のところへと向かった。


巨大かつ複数のコースがあるウォータースライダーは、このプールの目玉だ。

直線、曲線、それに回転やとぐろを巻いたもの、複雑怪奇で様々な種類がある。

列をなして多くの人が並び、コースからは「きゃあああっ」「うおおぉおおっ」といった黄色い歓声や野太い絶叫が響き渡っている。春希と姫子も、彼らに負けじと快哉（かいさい）の声を上げていた。

「ひめちゃん、隼人、今の凄かった！　ぐるぐるぐる～ってなってぐわ～ってきて、うわぁ～ってなっちゃってさ！」

「もっかい行きたい、次に別のも行きたい！　今度はあれ浮き輪に乗って滑るやつ、神の河を渡るケルピーライド、あれやりたい！」

「春希に姫子……どんだけ滑る気だ……」

　集合した隼人たちは、姫子に先導される形で真っ先にウォータースライダーへと突撃した。６人連れ立って何度も周回している。あまりに回数が多いので、隼人は5回を超えたあたりで数えるのを止めた。

　大小さまざまなウォータースライダーは、カナヅチで泳げない春希もこれならばと大いに楽しませ、姫子も高いテンションを見せていた。

　流れる水と共に滑るウォータースライダーは結構なスピードが出てスリルもある。そこが面白いところであるのだが、その分体力もそれなりに使う。

　まだまだ周回を止めそうにない女子２人のキラキラとした顔を見て、隼人はため息を吐いてしまう。そこへ、やたらと機嫌のいいにこにことした一輝が話しかけてくる。

「でもさ隼人くん、せっかくのフリーパスなんだから元を取るまで滑らないと損だよ？」

「む、確かにそれもそうだな……」

元を取る——その言葉に隼人の顔色が変わる。さながら使命を帯びた武士の顔だ。

そして春希と姫子の下へと向かう隼人の背中を見て、一輝はにこにこと笑顔を輝かす。

「姫子、春希、次はどれにするつもりなんだ？」

「あ、おにぃ。あのケルピーライド——浮き輪？　ボート？　それに乗るやつがいいかなって思うんだけど……」

「一番の目玉でさ、水着だからこそ思いっきり水を被ったり水中に突っ込んだりする派手なコースがすごく面白そうだと思うんだけど、2人乗りで……」

「うん？　それが何か問題あるのか？」

意気揚々と話しかけたものの先ほどまでの興奮はどこへやら、どこか歯切れの悪い返事である。隼人が首を傾げれば、春希と姫子は苦笑いと共にある場所へと視線を向けた。

「……ほら、あれ」

「…………なるほど」

視線の先に居たのは緊張で身体を硬くしている伊織と伊佐美恵麻だった。

2人とも顔を真っ赤にしながらそっぽを向き、だけど手ではなく人差し指を繋（つな）いでいる。

それでもよほど恥ずかしいのだろう。

いつも教室で見かける抜け目なく調子のよい伊織や、明るく活発なイメージのある伊佐美恵麻からは考えられないとても初々しい、付き合いたてのカップルの典型とも言うべき姿だ。

ちなみに最初は指すら繋いでいなかった。

姫子からの『カップルですよね恋人ですよね付き合ってるんですよね、あたしたちの目を気にせずいちゃついてください、さぁさぁさぁ！』攻撃を受けてこれである。

「……」

「……」

伊織と伊佐美恵麻は、互いに意識しつつどこかぎくしゃくしている。

どうやらこれが今日、隼人たちをプールに誘った理由らしかった。

幼馴染（おさななじみ）という関係から一歩進めた2人であるが、なまじ互いに色々知っているということもあり、2人きりになるとこのように緊張してしまうらしい。

隼人や春希たちの視線に気付いた伊織は、眉を寄せながら恐る恐る訊（たず）ねてきた。

「な、なぁ、今度はあのケルピーライドに乗るのか？　あれってその……」

「2人乗りで凄（すご）く密着するな。うんうん、伊織たちカップルにぴったりじゃないか？」

「い、いやそうだけど、その、オレと恵麻にはまだ早いというか……」

「あっはっは、何を言ってんだよ。むしろ仲を深めるチャンスなんじゃないか？」

「て、てめぇ隼人……っ！」

伊織の顔がますます赤くなり、隼人の顔がますます微笑ましいものを見るものへと変わっていく。

事実、他の3人もこの初心なカップルを見守る目はひどく優しい。

ケルピーライドは専用の浮き輪を使う人気のアトラクションだ。

馬の背中に模した浮き輪に跨がる最大2人乗りのそれは、仲睦まじく密着して滑るカップルの姿ばかりが目に映る。

「もぅおにぃ、揶揄わないの！　せっかくあたしたちがどうやって乗ってもらおうか相談してたのに！　ほら恵麻さん、恥ずかしがってないで、ね？」

「え、ちょっ、姫子ちゃん⁉」

「おっと悪ぃ。てわけで伊織、伊佐美さんと楽しんできな？」

「おい、隼人⁉」

隼人を窘めた姫子は、ぐいぐいと伊佐美恵麻の背中を搭乗口に向けて押す。そして隼人も姫子に倣い伊織の背を押す。

　どぎまぎしているカップルへとお節介をする霧島兄妹の顔は、何か良いことをやり遂げたと言わんばかりに清々しい。

　そんな隼人と姫子を、春希はあちゃーと言わんばかりの呆れ顔で、一輝はよりにこにこと笑顔を輝かせて見守っている。

「な、なぁ隼人、これ1人ずつ乗るっていうのは？」

「あっはっは、これだけ人が並んでいるのに、そんなことしたらダメだろう？」

「ぐっ……隼人も二階堂と一緒に乗って、気まずい思いをしやがれっ！」

「んなっ⁉」

「みゃっ⁉」

　せめてものお返しとばかりに、伊織はそんな言葉を投げつける。今度は隼人と春希の顔が真っ赤になる番だった。

　互いに顔を見合わせケルピーライドへと視線を移せば、彼女に背後から抱き着く彼氏といったものが目に飛び込んでくる。

　昔と違って今の体格差なら、隼人の腕のなかにすっぽりと春希が入ってしまうに違いない。

「…………」

「…………」

お互い水着である。あんな形で密着すれば、肌の大部分を重ね合わせてしまうことになる。想像するだけで頭に血が上ってしまう。

肌を見せるのと触れ合うのは違う。手を繋ぐどころじゃない意味を持つ。

どうして伊織と伊佐美恵麻があれほど躊躇っていたかを理解する。

「アレはその、非常にアレだな……」

「そ、そうだね、アレでアレだね……」

もじもじと自分の指を絡めている春希を見る。

白磁の様に透き通る白い肌、男子とは違う柔らかさを感じさせる肢体に、楚々とした可憐な顔立ち。

幼馴染の贔屓目を差し引いても、明らかに周囲より飛びぬけたレベルの容姿だ。

触れたいと、抱きたいとも思ってしまう。だけどそれは、決して友達に抱く想いではない。隼人はその感情を誤魔化すことが出来ず、ごくりと喉を鳴らす。

「…………きちゃんに……」

「……春希？」

ふと春希の表情が翳り、何かを呟く。騒がしい心臓のせいでよく聞き取れない。

「隼人くん、二階堂さんと一緒に乗るのに抵抗があるなら、姫子ちゃんと乗るかい？」

「えぇ〜、おにぃとですか〜？」

「「っ⁉」」

そこへ一輝から揶揄うような声を掛けられ我に返る。姫子はしかめっ面をしている。

「べ、別に嫌とかそういうんじゃねぇよ、その、ちょっとアレってだけで！」

「そ、そうだよアレだよ！　ボクと隼人が一緒になると、ひめちゃんが海童と一緒になっちゃうでしょ⁉　行こ、ひめちゃん！」

「あーうん、それもあった。あたしもさすがにおにぃの友達と一緒は気まずいかなー」

「あらら、姫子ちゃんにフラれちゃった」

慌てた春希が姫子の腕を引っ張り、おどけた様子の一輝が残念そうに肩をすくめる。

「…………」

一瞬、ほんの一瞬だが、隼人は春希が一輝と一緒に乗る光景を想像し、胸にドロリとした感情が沸き立つのを感じた。

その気持ちを誤魔化すようにガリガリと頭を掻き、ぶっきらぼうに言い放つ。

「で、俺と一輝が一緒に乗ると」

「僕たちも裸の付き合いといこうか、隼人くん」

「裸じゃねえっ！」

「ははっ！」

伊織に「混雑しているのに」と言った手前、1人で乗るのは筋が通らないだろう。

隼人はげんなりとした様子で春希と姫子の背中を追う。

その時、一輝が何てことない風に言葉を零す。

「二階堂さんもそうだけどさ、姫子ちゃんも負けないくらい綺麗で可愛いよね」

「姫子が？　まぁ確かに色々オシャレに気を配ってるが……そうかぁ？」

「っ⁉　え、あ、いやその、二階堂さんと並んでても遜色ないというか、天真爛漫で純粋だけどそこが見ていて危なっかしいというか……っ」

「うん？　単に田舎者で目が離せないだけだろ………一輝？」

隼人が振り返ると、どこか驚き慌てふためく一輝の姿が目に入る。

「んんっ！　僕たちも急ごう、置いて行かれちゃう」

「ちょ、押すなよ一輝！」

すると咳ばらいを1つ。

いつものにこにこ笑顔に戻った一輝は、強引に隼人の背中を押す。

そして何かを確認するかのように呟いた。

「姫子ちゃんも隼人くん同様、面白くて良い子だってだけだよ」

「はぁ、なんだそれ？」

「ははっ、なんだろうね？」


朝から散々滑り倒した隼人たちは、姫子のくぅ、という可愛らしいお腹の音でお昼にすることにした。ちなみに、その腹の音を指摘した隼人に、姫子が拗ねる一幕も。

軽食を提供しているフードコーナーの前には、パラソル付きのテーブルと椅子が並んでおり、思い思いの昼食を摂る客でごった返している。隼人たちもその中の1つだった。

「え、これ全部隼人くんが作ったのかい⁉」

「おにぎりにから揚げにだし巻き、簡単だし別にそれほど驚くものじゃないだろ」

「ふふーん、隼人の料理は味も確かなんだからね！」

「まぁ、おにぃのレパートリーがちょっと偏ってるってのはあるけれどね」

驚く一輝に訝し気に答える隼人、そして何故か得意顔の春希に、上から目線の姫子。

彼らの目の前に広げられているのは、隼人が作ってきた弁当だった。

メインはカリカリの食感にこだわったから揚げである。

鶏もも肉に、酒、醤油、みりん、ごま油、それに磨り下ろした生姜とニンニク、玉ねぎを入れて揉み込んで寝かす。

その少し濃い目に味付けした鶏もも肉を薄力粉、片栗粉、そしてパン粉の厚めの衣で最初は低温でじっくりと、そして次は高温でからりと二度揚げしたものだ。もちろん、味は月野瀬の酒呑みたちのお墨付きである。

「ん〜〜〜、おいしっ！　ちょっと食感がチキンカツに近いけど、でもから揚げだ！」

「う、衣が厚いせいか喉が渇いちゃう！　おにぃ、お茶！」

「その隼人くん、本当に僕も食べていいのかい？」

「多めに作ってきてるからな。その代わり後でかき氷おごれよ？」

皆、和気藹々と弁当に手を伸ばし口に頬張る。

しかし微動だにしない者もいた。伊織と伊佐美恵麻である。

2人とも完全に茹でだこになっており、椅子に座る身体の向きも微妙にそっぽを向いている。だというのにそのくせ、ちらちらと相手の方に視線をやっては目が合い顔を逸らし、ぷしゅーっと頭から湯気を出す。

ケルピーライドはこのカップルにとって刺激が強過ぎたようだった。

見ている方も微笑ましく感じる一方で、先ほどと比べて会話も完全に無くなり悪化したように感じる様には、さすがに罪悪感を刺激されてしまう。

隼人と姫子は顔を見合わせ眉をハの字にし、春希は困った顔で小さく顔を左右に振る。一輝は肩を竦めるのみ。隼人はガリガリと頭を掻きながら、から揚げの入った容器を伊織と伊佐美恵麻に差し出して言葉を紡ぐ。

「あーその、たくさん作って来たんだ。よかったら伊織と伊佐美さんもどうぞ……」

「お、おうっ、ええっとうん、悪ぃな、隼人」

「っ⁉　ちょ、ちょっと待って！」

「………恵麻？」

伊織が隼人のから揚げに手を伸ばそうとした時だった。

弾かれたように焦った声を上げた伊佐美恵麻が、先ほどまでのカチコチ具合とは打って変わって機敏な動きで荷物からバスケットを取り出す。

「その、私も、お弁当……っ！　いーちゃんがその、言ってたから、食べたいって……あの、いっぱいあるから、皆さんも一緒に、どうぞ……っ！」

そこに敷き詰められていたのはサンドイッチだった。

定番のたまご、ハムときゅうり、ツナとレタスに、ちょっと手の込んだチーズとアボカドに、トマトが主役のＢＬＴ、そしてデザート代わりなのかイチゴとカスタード、バナナとチョコクリームなんてものもある。種類も多く見た目にも華やかで彩り豊かだ。

「恵麻、本当に作ってくれたんだ……その、ヘマしなかったか、大丈夫か？」

「さ、サンドイッチならあまり火も使わないし、でもその、形が……」

伊佐美恵麻が自信なさそうに言う通り、残念かな形はどれも不揃いで、あまり慣れているとは言い難いのは一目瞭然だった。彼女は形の整っている隼人のおにぎりやだし巻きを見ては、不安そうな顔になってシュンと小さく縮こまってしまう。

だが隼人は「へぇ」と感嘆の声を上げた。どれもこれも手間が掛かっているというのが、見ただけで分かったからだ。

形は悪いものの、断面から覗く具からは丁寧に作られているのが見てとれる。

すると、次は味が気になり自然と手が伸びた。

「それじゃ、俺も1つ——」

「おにぃっ！」

「——ッ⁉」

だがその伸ばし掛けた手も、ぴしゃりと姫子に叩かれる。

面食らった隼人が姫子に目を向ければ、やけに険しい表情が返ってくるのみ。一輝も苦笑いを零し、春希でさえ呆れた視線をよこしてくる。

「おにぃ……そのお弁当さ、誰が誰のために作ってきたものなのかな？」

「………あ」

なら最初に手を付けるべきは誰なのかわからないかなー？　そんな顔を3人から向けられていることに気付いた隼人は、ハッと我に返り、伸ばした手でガリガリと頭を掻く。

そして春希が大きなため息を吐き、しみじみと言葉を零した。

「まったく、隼人はいくつになっても乙女心がわからないんだから……」

「は、春希に言われたくねぇっ！」

「さ、最近はボクもそうでもないもん！」

「やっぱり最近までは自分でもわからなかったのかよ⁉」

「ぶふっ！　んぐ……んんっ、けほ、けほっ……ふふっ……くふふふうふふあはははははは

っ！！！」

「一輝っ！」「海童っ⁉」

隼人と春希のやり取りに、一輝は食べかけのおにぎりに咽(むせ)ながらも堪(たま)らないと噴き出した。その笑いの輪は呆れた苦笑を零す姫子、そして硬くなっていた伊織と伊佐美恵麻に忍び笑いを零させるほどに広がっていく。

今度は隼人と春希が微笑ましいものを見る目で見られる番だった。

「……その、俺たちも食べるか」

居た堪れなくなった隼人と春希は互いに顔を羞恥の色に染めながら、黙々とお昼を食べるのであった。

「……うん」

お昼を食べ終え、今度は流れるプールに繰り出すことに。

ちなみに姫子はまたもウォータースライダーに突撃しそうになったのだが、一輝の「せっかくプールに来たんだし、他の種類のものも制覇しないともったいないよ？」という言葉で、すぐさま気が変わった。相変わらずその辺チョロい姫子である。

なお一輝をはじめ春希や伊織たちも「やっぱり兄妹だ……」と妙に納得したような言葉を零し、隼人は不満げな顔をしながらも何も言えないでいた。

こうじえんの流れるプールも、間違いなくウォータースライダーと並ぶ目玉の1つだ。

プールの外周を堀の様に循環しているそれは、川の様に流れの緩急、曲がりくねった蛇行に急カーブ、底の深浅などコースもバラエティに富んでおり、ただ流されるだけでも楽しいものである。

幅も広く、多くの人が和気藹々と思い思いに水を楽しんでいる。

「は、隼人っ！　やっぱり浮かない沈む！　無理、どうすんの⁉」

「はいはい、身体に力が入り過ぎだ、春希。それにここならバタ足しなくても勝手に流れてくれる。だからまずは浮くことだけを考えろ」

「うぐ……そうは言っても……っ！」

他の皆が流れるプールを楽しむ中、隼人は春希の泳ぎの練習に付き合っていた。

春希は自己申告の通り、カナヅチの一言に尽きる。

とにかく沈む。浮かない。水面でバタ足をしようとしても、何故か水中に足が沈み溺れてもがいているように見える。

ある意味才能だった。先ほどから何度挑戦しても、この体たらくである。

「あーほら、俺の手を摑め。別に顔は水につけなくていいから。力を抜いて水に身を任せてみろ」

「は、離さないでよ!?　絶対に手、離さないでね！」

「っ！　絶対離さないから安心しろ」

「信じてるからねっ！」

「あ、あぁ」

随分と際どい発言をしているが、本人はそれに気付いていない。隼人は眉を寄せている。

そして、再度浮くことに挑戦する春希。必死に隼人の手をこれでもかと力を込めて摑むが、強張(こわば)った身体は浮かび上がることなく、ぺたんと足が水底につく。

「春希……」

「……」

流れるプールで立ち止まり、手を繋(つな)いで向かい合う年頃の男女。

春希の顔は羞恥で真っ赤に染まり顔を逸らし、それを見つめる隼人の表情はすごく残念なものを見るものだった。

「ええっと、もっかい！　もっかいチャレンジ、ね！」

「今度はちゃんと力を抜けよ、手は握るんじゃなくて添えるだけでいい。風呂(ふろ)とかでぐてーっとする感じだ」

「お風呂でぐてー……ん、こうかな？」

今度は成功した。とはいうものの下半身は完全に水の中に沈んでしまっており、浮くというより漂うと言った方が良(い)いだろう。実際流れに身を任せているし、そちらの方が適切だ。

だが、先ほどまでのことを考えると大進歩である。

「春希、出来たじゃないか」

「っ、だ、黙ってて！　今集中してるの！」

「お、おぅ、すまん」

春希はやけに真剣で難しい顔をしていた。

どうやら脱力するのに全力を注いでいるらしい。

隼人はその春希らしい様子にくつくつと喉を鳴らす――その時だった。

「あ、ごめんなさい！」

「うわ……おっと！」

「っ⁉　は、はひゃっ⁉」

ドン、と隼人の背中に浮き輪のボートがぶつかった。その拍子に手を離してしまう。

ぶつけた小学生と思しき男の子たちは、バツが悪そうに謝るものの、隼人も春希もそれどころじゃなかった。

「春希っ、落ち着け、足は着くから！」

「もが……あぷ……っ！」

「っ⁉」

「あぷっ、けほ、けほ……っ！」

思いっきり水の中へと沈んでしまった春希は、突然のことでパニックになり手足をバタつかせ藻掻く。隼人は素早く手を伸ばし、叩かれながらも春希を抱き上げる。

（…………っ!?）

そして一瞬にして意識が振り切れそうになった。

本日はプール。水着である。

想像以上に柔らかい肢体、頼りない布越しで感じる確かな膨らみの弾力、抱きとめた全身で感じてしまう吸い付くような肌。

必死になってしがみついてくる春希は、ぐいぐいとそれらを押し付けてくる。

期せずして、素肌を合わせて抱き合うようになった形だ。

春希という存在が理性を侵食し本能を刺激してくる。この目の前の美しい少女に沸き起こるドロリとした欲求をぶつけ、めちゃくちゃにしたいだなんて思ってしまう。

だがここは公共の場、プールだ。

そのことを思い出した隼人は、僅かな理性をかき集めて春希へ呼び掛ける。

「春希、大丈夫だ、足は着く。落ち着け、そして深呼吸しろ」

「ふぅーっ、ふぅーっ、はぁ～～～っ」

なんとか体勢を整え、深呼吸する春希。

しかし依然として抱き合ったまま。

胸元に吹き付けられる荒い吐息は艶めかしく、隼人の色んな部分へ血を滾らせていく。

そして決定的な変化が起きそうになり、さすがに羞恥が勝った隼人は、慌てて春希の肩に手をやり距離を取ろうとする。

「……あーその、大丈夫、か？」

「うん、大丈夫。もうびっくりしたよ」

「そうか。その、まだ近いから、離れてくれると……」

「っ⁉ ご、ごめんっ！」

「い、いや……」

この状況にようやく気付いた春希は、慌てて身を離しそっぽを向く。その顔は羞恥で赤く染まっている。

隼人は少し物寂しさを感じるものの、少し頭が冷えてくると共に、確かに感じた欲望に罪悪感にも似た想いが込み上げてきて、誤魔化すようにしてガリガリと頭を掻いた。

「……隼人の身体、すごく男の子だった」

「………………え？」

そしてぽつりと呟く春希の言葉に、一瞬頭が真っ白になってしまう。

「きゃ――――っ！　あはははははっ！　すごいすごい、はるちゃんも泳げないなら浮き輪で遊べばいいのに……あ、一輝さん、今度は流れを横切るように進んでください！」

「ははっ、仰せのままに、お姫様っ！」

「っ！　ひめちゃん……」

「………あー、一輝も、あいつ何やってんだ」

そこへ、浮き輪の穴にスポッとお尻を突っ込んだ姫子が、流されながら横切った。

後ろから一輝が、運転手よろしく浮き輪を押している。

どうやらプールの流れを利用して、逆走したりジグザグ蛇行したり浮き輪で流されたり泳いだりするのを全力で楽しんでいるようだった。

姫子も、一輝も、その表情は今まで見たことがないほどの、無邪気な笑顔が弾けている。

正直、少し意外な組み合わせだとは思う。

だけどそんな笑顔を向けられれば、隼人も春希も頬を緩ませ、やれやれと苦笑を零す。

また、渡りに船でもあった。これ幸いとネタにして話を逸らす。

「あー、まずは浮き輪で浮く感覚を摑むってのもありかもな」

「そうだね。おーい、ひめちゃーん！　ボクも交ぜてよー！」

「お、はるちゃん、ついに諦めた？　観念した？」

「あ、あぁぁあぁ諦めたわけじゃないし、練習の一環だし！」

姫子の下へと水を掻き分けていく春希の後ろ姿を見送る。

いつもと違って水着のみの後ろ姿から、三つ編みで纏めているということもあって、華奢でなだらかな肩やくびれた腰つき、その女性らしい丸みを帯びた身体つきがよくわかる。美しいプロポーションだ。隼人からもそう見える。それは周囲からもそう見えたようで、周囲の視線が春希に集まっていることにも気付く。眉間に皺が寄る。

実際、先ほど直に抱いてしまったことにより、その魅力を思い出し、またも血が上りそうになってしまう。

その時、春希と入れ替わる形で一輝が手を上げてやってきた。

いつもよりにこにこと顔を輝かせており、隼人も苦笑しつつもそれに手を上げて応える。

「隼人くん、これは浮き輪をもう1つ用意した方がいいんじゃないかな？」

「そうだな。最初っから用意しとけばよかった」

「ははっ、二階堂さんが絶対泳げるようになるから要らない、って言ってたっけ」

「ったく、あっても損がないってのに」

「ははっ、それにしても楽しいね。こんなに楽しいのは、すごく久しぶりだよ」

「……一輝？」

そう言って一輝は本当に嬉しそうに楽しそうに、屈託のない笑みを浮かべている。

だがそこには僅かに影が差しているのにも気付く。

元カノ、そして先日映画に行った時に遭遇した中学時代の同級生。そのことが脳裏を過ぎる。

何があったかはわからない。だがそれは過去のことだ。

誠に遺憾ながら、隼人は今の一輝は信頼に足る相手だと認めてしまっている。

眉間に皺をさらに寄せ、はぁ、とため息を吐くと共に、両手で水を掬ってぱしゃりと一輝の顔へと豪快に掛けた。

「誘ってくれた伊織に感謝しないと、な……っと！」

「わぷっ⁉ い、いきなり何をするんだい、隼人くん！」

「ははっ、水も滴るいい男じゃないか、それっ！」

「……この、やったな、ほらっ！」

「ぷはっ、やるじゃねーか！　お返しだ！」

「なんのっ！」

「わはははははっ！」

「あはははははっ！」

隼人と一輝は流れるプールで流されつつも、水を掛け合う。何が可笑しいのか、笑いながら、バカみたいに、子供みたいにただただ掛け合う。だが楽しくて盛り上がる。

「……男同士で何やってんのさ、隼人」

「……一輝さんもおにぃみたいに子供っぽいところがあるんですねー」

「「っ!?」」

そこへ浮き輪に乗った春希とそれを曳く姫子が、呆れた顔でやってきた。

思わず手が止まる。隼人はバツの悪い顔をして、早口で言い訳を紡ぐ。

「あーその、どちらがもう1つの浮き輪を取りに行くかって勝負してたんだ。で、まぁその、よく考えたら一輝を1人で行かせるとそのへんで逆ナンされるだろうから、俺が行ってくるわ。じゃ、春希や姫子のお守、お願いなっ！」

「隼人くんっ！」

「あ、おにぃ逃げた」

「うん、逃げたね」

そして隼人はそそくさと退散する。

背後からは、呆れたような揶揄うような声と共に、姫子が声を掛けてくる。

少し、頭を冷やす時間が欲しかったのも事実だ。

「おにぃー、あたしたち波の出るプールで待ってるからねーっ！」

隼人はそれに手を上げて応え、そしてちらりと振り返る。

すると仲良く手を繋ぎながら仰向けで、水に流される伊織と伊佐美恵麻の姿が見えた。

そして、そんな2人にどう声を掛けようかと額を集めて相談する春希と姫子、一輝の姿を確認して、更衣室のロッカーへと足を向けた。


「ふぅ……これでよし、と」

隼人は更衣室のロッカールームで、浮き輪を膨らませていた。

別に合流してから現地で膨らませてもよかったのだが、すぐに使える状態にしていないと姫子、そして春希が文句を言う様をありありと想像出来てしまったのだ。

周囲を見回せば、隼人と同じように膨らませている人たちも見え、彼らも心が浮き立っているように見える。きっとプールを楽しみにしているのだろう。

もちろん、隼人もその自覚がある。彼らを見ていると、自然と春希の顔が思い浮かび――そして顔だけでなく身体も思い出してしまった。

「っと、たしか波の出るプールって言ってたっけか」

敢えて口に出して、必死になってその不埒な感情を散らそうとし、浮き輪を片手で弄びながら更衣室を出て、場所の確認のために近くの案内板へと向かう。

案内板はこうじえんプールの全体像を簡潔なイラストで表したマップだ。

プールの入り口付近に設置されており、男女の更衣室からも近い場所にある。

待ち合わせには打ってつけの場所で、隼人たちが待ち合わせに使ったのもここだった。

だから非常に人通りがある場所なのだが、どういうわけか周囲から聞こえる声は浮かれたものでなく、驚きと戸惑いの色が混じっている。

「おい、あの子ずっとあそこにいるけど……」

「待ちぼうけ？　すっごい可愛い子だけど、その……」

「視線を向けられただけで殺されそうというか……あれ？」

「どこかで見たことがあるような……？」

彼らの視線の先には1人の少女がいた。派手で、よく目立つ少女だ。

春希に匹敵する均整の取れたプロポーションにプールでも映えるように盛られた髪、足を組み堂々とベンチに座る姿は人混みの中でも一際輝いて見える。

なるほど、人に見られるということを意識しているという点では、春希よりもよほど注目を集めていることだろう。そして隼人は彼女に見覚えがあった。

（佐藤愛梨、だっけか……）

本来なら彼女の美貌に惹かれて群がる人もいるに違いない。

しかし、彼女は全身から不機嫌さを隠そうともしないオーラを放っていた。

愛梨の周囲だけ剣呑(けんのん)な空気に染まっており、誰もが遠巻きに見つめるだけである。いくら美貌に恵まれた少女であるとはいえ、怪我をするのを分かっていて抜き身の刃に触れたがるような人などいない。彼女はそういう類(たぐい)のものだった。

隼人だって関わりたくはない。

「………」

しかし、少しぴくぴくしている彼女の足と、涼しそうにしつつも脂汗を滲(にじ)ませる顔を見てしまえば、なまじ彼女が誰なのかを知ってしまっただけに、無視するのは気が引ける。それにもしここが月野瀬だとしたら、たとえ苦手な相手だとしても怪我をしているのを知って見て見ぬふりをすれば、村八分は免れまい。

はぁ、と大きなため息を1つ。隼人は近くの自販機でスポーツドリンクを買って、足取り重く愛梨に近付き声を掛けた。

「その座り方、体勢が悪いぞ。もっと足を伸ばせ。それとこれ、飲んどけ」

「あ？　ナンパとかお断りなんですけど」

「足、攣(つ)ってるんだろ？」

「〜〜〜〜っ!?」

ちょん、と隼人が浮き輪で愛梨の左足を突(つつ)けば、一瞬にして身体を強張(こわば)らせた。そしてすぐさま我に返ると、ものすごい目で睨みつけてくる。

隼人は早々に降参とばかりに両手を上げて、呆れたように眉を寄せる。

「ちょっと！　いきなり何するん――」

「ほら、足を組んだままじゃなくて、伸ばして血行をよくしろ。あとこれで水分補給。プールって案外脱水症状を起こしやすいんだ」

「え？　あ……わ、わかった、わかりましたって！　何なんですか、もう……」

隼人は痺れていない右足の方を、またも浮き輪でつんつんとし色々と促す。愛梨は渋々ながらも足を伸ばしスポーツドリンクに口を付ける。

本当は揉んだりしたほうがいいのかもしれないが、さすがにちょっと顔見知り程度の異性を相手に素足に触れるのは躊躇われた。それにそこまで彼女に興味もない。

ややあって回復してきたのか、愛梨の顔は晴れやかになる。

隼人は変にやせ我慢をしなければいいのに、と思いつつも、これで出番はおしまいとばかりに大きなため息を吐いてがりがりと頭を掻く。

「大丈夫みたいだな、次からは気を付けろよ」

「っ！　ちょっと待ちなさいよ！」

「おわっ⁉」

踵を返し、この場を離れようとした時のことだった。

愛梨はいきなり浮き輪を力強く引っ張り、隼人も不意を衝かれたということもあって、大きくバランスを崩す。

慌てて体勢を整えようとしてベンチに手を突けば、彼女はその機を逃さず、無理やりベンチへと座らされる形となる。

隼人は一体どういうつもりかと隣へ抗議の視線をやれば、いっそ獰猛な獣と形容すべき鋭い眼光が飛び込んできて、息を呑む。

「……どういうつもり？」

「つもりもなにも、ただの自己満足……あー、ただのお節介だな」

「あーしが誰か、わかってやってんの？」

「佐藤愛梨だろ？　……読モの」

「それをわかって、何が狙い？」

「狙いも何もねーよ、足が攣ってるのを見てられなかったってだけだ。俺はアンタにそれほど興味があるわけじゃない。その……一輝に話を聞いてなきゃ無視してたさ」

「っ!?　ちょっと待って、あなた……っ！」

「ま、なっ、ちょ、顔近いって！」

どうしたわけか目を見開いた愛梨は、いきなり隼人の顔を掴んだかと思うと身を乗り出して、まじまじと観察しだす。

わけがわからなかった。

隼人にとってみれば苦手な人種とはいえ、読モをつとめるほどの整った顔立ちと均整の取れたプロポーションを誇る愛梨に強制的に見つめられている格好だ。

色んな意味でドキリとしてしまい、周囲から向けられる視線も気に掛かる。

眉をひそめていく隼人とは裏腹に愛梨の顔はどんどん険が取れていき、そして驚きの声上げ慌てて身を離した。

「誰かと思ったら一輝くんの、友達の！　確か……隼人くん！」

「今頃気付いたのか！　悪かったな、覚えにくい平凡な顔で」

「ご、ごめんなさい……わ、私その目がすごく悪くて……その、ワンデータイプのコンタクトもさっき流してしまって……」

「そうか、それは災難だったな。じゃあ俺は連れを待たせてるからこれで――」

「ちょ、ちょっと待ってください！」

「……なんだよ？」

今度こそと立ち上がろうとすれば、素早く腕を取られ、愛梨もついでとばかりに立ち上がった。

隼人は驚きと困惑の顔を向けるも、彼女には関係ないらしい。

もしかしたら見えてないかもだが。

「あ、あの、リバーサイドエリアへ連れてって欲しいなぁって……はぐれた時の待ち合わせ場所なんでその……」

「それくらい1人で行け……って、もしかして歩くのにも困難なほど目が悪いのか？」

「恥ずかしながら……その、水場で滑りやすいし……」

今度はしゅんとして俯かれれば、どうしたものかとガリガリと頭を掻く。

どうにもやりづらい相手だ。

先日までのギャルじみた雰囲気とは一転、なんだかごく普通の、それも少し気弱な女子を相手にしているかのような錯覚に陥る。

先日遭遇した時の電話での応対といい、妙にちぐはぐな女の子だ。

ともかく、ここで見放すのは気が引けるのも事実。

色々考えるより、さっさと連れて行った方が話も早いのではないか？

「ほれ、浮き輪を摑んでくれ」

「あ、ありがと……」

「……どういたしまして」

幸いにして波の出るプールも、リバーサイドエリアからさほど離れているわけじゃない。

隼人は何ともいえない表情で目的地へと足を向けた。

リバーサイドエリアは流れるプールの外周部にある飲食店エリアのことだ。

隼人たちが昼食を摂った場所も、このエリアの一角である。

足の攣りが治ったとはいえ、浮き輪越しにおっかなびっくりな感じが伝わってくる。隼人は愛梨の歩みに合わせ、ゆっくりと進む。

「っ⁉」

「っと！」

ふいに濡れた床に足を取られたのか、ぎゅっと浮き輪が引っ張られる感覚があった。

「ま、まじさいあくぅ……ぬれててこけるのなんて、みっともなくね……？」

振り返れば、必死に浮き輪にしがみついて、生まれたての小鹿のようになっている愛梨。

震える声での悪態は、文句というより自分を鼓舞しているかのようで、思わず隼人は噴き出してしまう。

それを聞いた愛梨は、抗議とばかりに唇を尖らせ、ぐいっと浮き輪を押した。

「ははっ、すまん。あーその、この間会った時とは随分雰囲気が違うんだなって」

「あれはその……やっぱり変、かな……？」

「ん……それは別に。俺にも身近に1人、似たようなやつがいるから」

「……それって一輝くんのこと？」

「違えよ、アイツはそんな器用なやつじゃない」

「あはっ、確かに。うん……隼人くんって本当に、一輝くんの友達なんだ」

「不本意ながらな」

そして愛梨はくすりと微笑む。これが彼女の素の姿なのだろう。

どうやらギャルの仮面と使い分けているらしい。

ふと、脳裏に猫を被った春希が浮かぶ。

どういう事情があるかわからないが、一輝の前での彼女の姿を思い返せば、これ以上尋ねるのも野暮というものだった。

「……その」

「うん？」

「最近の一輝くんって、どうしてますか？」

「そうだな……告白して盛大にフラれていたな」

「えっ、うそっ⁉」

「っておい、いきなり浮き輪を引っ張るなっ！」

ちょっとした軽口のつもりだったのだが、彼女にとっては違うらしい。

愛梨は信じられないとばかりに目を見開き、今にも摑みかかってきそうな勢いだ。

隼人は宥めるように、愛梨に説明する。

「そのなんだ、フラれたと言っても周囲に対するカモフラージュみたいなもので、好きで告白したとかってわけじゃない」

「……ぁ、私の時、みたいな感じなのかな？」

「ええっとそのなんだ、そんな感じ。悪い、一輝からその辺の事情、聞いた」

「そっか……」

そして愛梨はあからさまにホッとしたかのようなため息を吐く。

しかし、どこか寂し気な表情をしているのを見せられれば、隼人の困惑はより一層加速する。

これではまるで――

「一輝くんさ、中学の頃って何股もかけてたんだよね。私は確か3人目だったかな？」

「…………は？」

突然の話題転換だった。

だが、聞き流すにはあまりにも衝撃的で無視できそうもない。

思わずドキリと動揺してしまい身体が強張り、それが浮き輪越しに愛梨に伝われば、あははと困った顔を返されるのみ。

そして過去を悔いるかのような声で呟きを零す。

「一輝くん顔もいいし、ももっち――お姉さんから調教されていたというか、おもちゃにされていたというか、色々女の子の扱い方を仕込まれてたんだよね。それで運動も出来るとなればモテるのも当然というわけで、中には強引に迫る娘もいたってわけ」

「……例えばアンタのようにか？」

「あはは、そうだね……その通り。一輝くんさ、エスコートとかは慣れてても断るのとか曖昧でね、それで自称彼女が何人も出て来たってわけ。まぁ中学生にその辺あしらえってのも難しいんだけどさ」

「つまり、一輝は昔からバカだったたって話か？」

「っ！」

隼人は動揺しつつも今の一輝や先日の独白のことを思い返せば、やはりバカだということに辿り着く。それが口から零れれば、愛梨は表情を一転、腹を抱えて笑い出し、バシバシと隼人の背中を叩き出す。

「あはははははっ！　うん、そうだね、それだ。さすが友達、よくわかってる！　一輝くんってばバカだからねーっ！」

「うわ、なに、やめろ！」

「はぁ、おかしー……そうだね、一輝くん本当にバカで、そして残酷だ……」

「………」

またも一転、愛梨の表情が暗くなった。先日同様、突然の変化に面食らう。

そしてぽつりと、心に抱えていた澱を零す。

「私、頑張ったんだけどなぁ……」

そう弱々しく小さく呟いた言葉は、隼人の耳にだけするりと侵入し、胸の脆い部分を掻き乱す。

立ち止まった隼人と愛梨の周囲を、人々の喧騒が水と共に流れていく。

幼子のような困った顔で佇む愛梨が、まるで迷子のように見えた。

どうしてかはるきの引っ越しで置いて行かれた、自分自身を重ねてしまう。

他人のように思えない。

だけど何て言っていいかわからない。

隼人はざわつく胸を誤魔化すようにガリガリと頭を掻き、そして自分の心の素直な部分を吐き出した。

「そのさ、一輝はバカだけど、根はいいやつだよ。今も、そしてきっと過去も」

「……え？」

「あーもう、上手く言えないけど、不器用なやつなんだよ、一輝は！」

その言葉を聞いた愛梨は目をぱちくりとさせ、そしてマジマジと隼人を見つめだす。

「……隼人くんさ、こういうの、っていうか女の子の扱いに慣れてる？」

「別に慣れてねぇよ、田舎者って言っただろ？　同世代の女子は妹とその友達しかいなかったし」

「じゃあ類は友を呼ぶ、かな」

「なんだよそれ」

すると、今度はくすくすと笑いだした。

一輝と似た者扱いされた隼人は、不本意だとばかりに渋い顔を作る番となる。

すると愛梨はまたも表情を真剣なものに変え、人差し指を立て、隼人に突きつける。

「ね、1つ質問。もし複数の女の子から告白されたとしたらさ、キミならどうする？」

「は？　そんなのありえねーしわかんねーよ」

「……仮でもいいから答えて――きゃっ！」

「……って、言われてもな――って、おい！」

あまりにその表情が真剣だったので、思わずたじろぎ後ずさり、そこへ更に詰め寄ろうとした愛梨が足を滑らせてしまった。

隼人は咄嗟に抱きとめる形で助けるものの、先ほど感じた春希とは違う少しひんやりとした肌触り、無駄な肉が削ぎ落とされしかし確かに柔らかい身体、そして軽さを強制的に感じさせられ、気が動転していく。

際どい体勢だった。

素肌で抱き合い密着している。

お互い固まってしまい、気まずい空気が流れる。端からはどう見えるものか？

何とか言葉を絞りだす。

「その、大丈夫だったか？」

「ええっとその、ありがと……このお礼に、私に出来ることならなんでも――」

一瞬にして頭が沸騰しかけるも、幸か不幸か、熱くのぼせ上がることもなかった。

「――一体何のお礼をしてくれるのでしょうか？」

「「っ⁉」」

ぞくりと、背筋が強制的に震わせられる。

意識が、感情が、生存本能がこれは危険だと訴える。

「帰りが遅いと思ったら、一体何をしているんでしょうか、隼人くん？」

「は、春希……」

ゆっくりと声のした方へと振り返れば、周囲の温度を下げかねないほどの清冽な空気を纏った可憐な美少女――二階堂春希がそこにいた。

現れた春希は、どうしたわけか余所行きモード（猫を被っていた）だった。

柳眉を中央に寄せながらちょこんと顎に人差し指を当て、こてんと小首を傾げる様子はとても可憐で愛らしい。だというのに、隼人はぞくりと背筋が震えてしまう。

よく見れば春希の目は笑っておらず、視線は隣の愛梨に注がれている。

「随分仲が良さそうですね？　隼人くんは一緒に来た私たちを放っておいて、そこの彼女さんとデートですか？」

「っ⁉　い、いや違っ……こ、これはだな、先日ちょっとしたことで知り合ったやつでその、足を攣ってコンタクトを流されたっていうからその……っ」

「やんっ！」

　春希の指摘によって、隼人はそこで初めて愛梨に抱き着かれていたことを思い出す。そして慌てて彼女を荒々しく引っぺがす。

「へぇ、知り合い……私の知らない間に、こんなにも華やかで綺麗な子と知り合ってたんですね。隼人くんがこーんなにも手が早い人だなんて知らなかったなぁ」

「えーっと、なんていうか先日一輝――」

「なるほどなるほど、海童くんをダシにお近づきになったと」

「……あぁ、その、くそっ！」

　愛梨との関係は、なんとも上手く説明できないものであった。

　まさかこの公衆の面前で一輝の元カノと喧伝するわけにもいくまい。

　言いよどむ隼人の顔を見た春希はどう受け取ったのか、ますます怪訝な表情へと変えていく。

　すると、それまでにこやかだった作り笑いを陰らせたかと思うと、しゅんと俯いた。

　そしてくいっと、浮き輪を心細そうにつかみ、いっそ憐れさを感じさせる声色で呟く。

「……私を捨てるの？」

「ちょっ、おいっ、言い方っ⁉」

演技だとはわかっている。

だがそれは真に迫っていた。

端からは清楚可憐な春希を袖にして、派手で華やかな愛梨へと乗り換えようとしている風に見えるだろう。

ただでさえ春希も愛梨も方向性は違えど、そこいらにいる女子たちの中でも頭1つ2つ抜けた美貌を誇っている。目立たないわけがない。そして春希の鈴を転がすような悲壮な声色は、周囲にとてもよく響く。

「おい、アイツ……」

「アレだけの子を振って乗り換え……って、ちょっと待てよ？」

「あの子、佐藤愛梨に似てね、ていうかそっくりじゃね⁉」

「まさか本人⁉　なら仕方ない……っていうかあの男、誰だよ⁉」

必然的に周囲の好奇の視線を集め、突き刺さる。外野も騒がしくなる。

そんな周囲の声を耳にした春希は、ぎゅっと浮き輪を掴む力を強めた。

よく見れば、肩が震えているのが見て取れる。だがその表情は俯いていてわからない。

「……春希？」

「わぁ、すごくかわいい子！　ね、もしかして隼人くんの彼女？」

それまで呆気に取られていた愛梨が、急に割って入ってきた。

近眼だからなのか至近距離まで春希へと顔を寄せ、まじまじと見つめて、品評する。

「うんうん、顔は確実に上の中かそれ以上……ってうそ、これほぼすっぴん⁉　プールだからっていやいやいや、それでこれって……わぁ、すごいなぁ！」

「み、みゃっ⁉」

それは唐突な行動だった。

鼻息を荒くした愛梨は、目をキラキラさせながらペタペタと春希を触る。距離が近い。

それは隼人がこの手の人種を苦手としている行動そのものでもあるのだが、先ほどの様子を見るに素で春希に驚き興奮しているのだろう。

だが春希にとっては堪ったものじゃない。突然のことに驚き身をのけ反らせて後ずさるも、愛梨は逃すものかとすぐに間を詰める。

隼人もどうにかして春希をガードしようとするも、女子２人の間に割って入るのは躊躇われた。

「スタイルも良さそうだし、強いて言えば身長もうちょい欲しいくらい？　メイクしたら今以上に映えそう、髪とか手入れどうやってんの？」

「「っ⁉」」

「おい、ちょっとその辺にしておいて──」

「あ、なんだったらうちの事務所紹介し──」

「──っ」

さすがに隼人が窘めようとし、愛梨が春希へと手を伸ばそうとした時のことだった。

ふいに春希が纏う空気が変わる。春希を別のものへと塗り替える。

「『──触るな、失せろ』」

「「っ⁉」」

パンッ、と小気味のいい乾いた音が周囲に響き渡り、周囲の騒めきを奪う。

一瞬の出来事だった。

誰しもが己の目を疑っている。

そこに居たのは凄腕の剣客。春希は居合い抜きした体勢で手を払いのけており、真実、その手に刀を持っていると錯覚した。

愛梨はしきりに自分の首に手をやり、「あれ？　あれ？」と何度も大きく目を瞬かせている。

隼人も春希の右手と愛梨の首を交互に見やる。

呆気に取られているのは隼人と愛梨だけじゃない。

周囲もまた、愛梨が斬(き)られたと幻視していた。

「『わかったな、お嬢ちゃん？』」

「〜っ！　〜〜っ、〜〜っ！！」

「え、あ、それ……」

その声色も15歳の少女のそれでなく、まるで幾多の修羅場を潜り抜けた歴戦の剣客そのものである。

かろうじて隼人には、先日から姫子と一緒に見ているアニメのキャラだということだけはわかった。

しかし春希が手に持つ刀を眼前に突きつけられた愛梨は、こくこくと頷(うなず)くことしかできない。

「…………行くよ、隼人」

「え、あぁっ」

そして今度はいつものいつもの春希に戻り、強引に隼人の背中を押してこの場を後にする。

その場に残された者は、万華鏡のように様子がくるくる変わる春希の様子に、ただただ唖然と立ち尽くすしかできなかった。

愛梨はといえば、春希の作りだした世界に半ば囚われていた。

確かに斬られたと思った。しかし理性ではそんなことはないと分かっている。

それだけ、凄まじい演技だったのだ。

理解が及ぶにつれ、首に手を当てたままぞくりと身を震わせる。

そして彼女を呼ぶ声で、ようやく我に返った。

「おーい愛梨ー、いたいた、捜したよー」

「あ、ももっち先輩」

「どしたん、ボ～ッとして？　もしかしてうちの弟とでも遭遇した？」

「あはは、か、カズキチとは別に……その、あの娘……」

「……うん？」

「いや、何でもないです」

そして愛梨は曖昧な笑みを、駆け寄ってきた海童百花へと返すのだった。

リバーサイドエリアを離れた隼人は、不機嫌さを隠そうとせず肩をいからせている春希の背中を追いかけていた。

「春希待ってくれって、その、色々悪かったたって」

「悪いって何さ。まぁ隼人も男の子だもんね？　そりゃー華やかで可愛い女の子にべたべたされたら鼻の下を伸ばすのも仕方ないよね！」

「別に伸ばしてねーよ」

「どうだか！　ボクたちをほったらかしにして、あの子とヨロシクやってた事実は変わらないし？」

「別によろしくなんか……さっきも言ったけど、ちょっとした知り合いで、困ってたみたいだからさ」

「それがおかしいってーの！　大体モデル？　芸能人？　どうしてそんな子と知り合いになったっていうのさ、意味わかんない！」

「それはその……」

「ふんっ！」

いくら言葉を重ねても、春希は取りつく島がなかった。一輝とのことを考えると言葉を選んでしまい、その結果少しばかり隼人も言い訳じみている自覚がある。

しかしそれを差し引いても、どうしてここまで頑(かたく)なになってヘソを曲げているのかわからない。どんどん早足になる春希を、必死になって追いかける。

「おい、春希ってば！」

「隼人なんて田舎者なんだから、美人局にでも騙されて痛い目を見ればいいんだ！」

「田舎者なのは確かだけど、さすがに騙されたりはしねーって、てかそんなのいるのかよ」

「隼人はいまいち女の怖さを分かってないし！」

「……春希や姫子も怖いのか？」

「っ！　あーっもう！　っるさい、だまれ、あっちいけ！」

「………ぁ」

一瞬、隼人の足が止まる。

それは幼い頃からずっと心の奥底にいる、はるきと同じ言葉。

今だからこそ、本気で言っていないというのもわかる。

その裏に込められていたものも。

先日、シャインスピリッツシティで掛けた言葉を思い返す。

ガシガシと頭を掻き、その手を伸ばす。

「春希」

「っ!?」

気付けばあの時と同じように、強引に春希の手を取っていた。

「ごめん、心配させて悪かった」

「～～～っ⁉」

振り返った春希の顔が、一気に真っ赤に染まっていく。

ぱくぱくと口を開き、何かを言い返そうとするも、どうしてかなかなか言葉が出てこない。

「……は」

「は？」

「隼人のアホ――――っ！！！」

「いで～～～っ⁉」

そして爆発させた感情と共に、平手打ちが飛んでくるのであった。

◇◇◇

波の出るプールでは、姫子がはしゃいでいた。

同じプールでも波が出るというだけで、楽しみ方が他とは随分と変わってくる。

姫子は浮き輪で波に揺蕩(たゆた)いながらも周囲の、特にカップルの観察に余念がない。

恋人たちは波という不意の要素で巻き起こされるアクシデントを、これ幸いと存分に楽しむことができるからだ。

「見て、見てくださいよ一輝さん、ほらあそこのカップル！　彼氏が彼女を背負って泳いで……きゃーっ、ラブラブですよ、ラブラブ！　恵麻さんたちもあれくらいイチャついてもいいと思うのになー？」

「あはは、そうだね」

ちなみに伊織と伊佐美恵麻はというと、波打ち際で三角座りしながら時折ぱしゃぱしゃと片手で水をかけあっている。なんとも微笑ましいものである。

姫子のテンションは相変わらず高かった。

周囲にイチャつくカップルが多いこともあり、やれ同じ浮き輪に強引に入ろうとしているだとか、やれ水中でひたすら見つめ合って波に流されているだとか、やれ一緒にビーチボールを波にさらわれて翻弄（ほんろう）されているだとか、逐一そういうのを見つけては報告する。

また、そんな姫子を見守る一輝も、相変わらずにこにことしていた。

「そういやおにぃもはるちゃんも遅いねー？」

「隼人くんお節介なところがあるから。ほら、困ってる女の子を助けて逆ナンされちゃっているとか……結構ありそうだと思うけどね」

「あはは、おにぃがですか～？　さっきも言いましたけど、おにぃが逆ナンとかないですって。田舎者まるだしなんですよ～？」

「わからないよ？　ほら二階堂さんはそれを心配して捜しに行ったし」

「えー、そうかなぁ？　ていうかあたしははるちゃんの方が心配かなー？」

隼人が浮き輪の予備を取りに行ってから、結構な時間が経っていた。

この波の出るプールでの１人や２人でする遊びは、粗方楽しみ終わっている。

姫子はそんな会話をしつつ、隼人と合流したら何をしようかと思い巡らせていると、ふと一輝が尋ねてきた。

「姫子ちゃんはカップルばかりに目が行っているみたいだけど、そういうのに興味があるのかい？」

「うーん、どうなんだろ？　恋バナとか好きなのは女の子の本能といいますか……まぁ、はるちゃんはアレだけど」

「あはは、本能なんだ」

「一輝さんはどうなんですか？　さっきも逆ナンされてたくらいだし、作ろうと思えば彼女くらいすぐにできるんじゃ？」

「……僕は当分、そういうのは別にいいかな」

「ええ、もったいない！」

「そういう姫子ちゃんもモテそうだけど、彼氏とか作らないのかい？」

「へ？」

素っ頓狂な声が出る。いきなりな質問だった。

確かに今日の自分を振り返れば、一輝のその質問は自然の流れなのだが、どうしたわけか胸が少しだけ疼く。

彼氏。

その言葉をかみしめると、眉間に皺が寄るのを自覚する。

だが、どうしてそうなるのかがわからない。

「…………」

「…………」

にこにこと探るような一輝と目が合うも、姫子は困った顔で首を捻るのみ。しかし胸が少し騒めいている。

よくわからない感情を持て余していると、聞き慣れた声が耳へと飛び込んできた。

「いきなり叩くことはないだろ！」

「だって隼人が悪いんだもん！」

「意味がわかんねぇし！」

「大体隼人は昔から――」

「春希だって前から――」

どうしたわけかと視線を向ければ、兄と幼馴染が互いに言葉を荒らげながらこちらに向かってきているのが目に入る。

姫子はまったくもっていつもの見慣れた光景に頬が引きつるのを感じ、一輝と顔を見合わせ苦笑いを零す。

はぁ、とため息を１つ。

罵り合いつつも、だけど２人は笑っていた。笑っている様に見えた。

だから春希の顔が、いい、はるきと重なる。

（…………あ）

その時、何かがすとんと腑に落ちた。

「ね、一輝さん。あたしね、好きだった人がいたんです」

「……………………え？」

「今はもう、どうしたって手が届かなくなっちゃいましたけどね。だからあたしも、当分そういうのはいいかなぁって」

「そう、なんだ……」

姫子はふいに笑いを零す。手は自然と甘い疼きの残滓のある胸に当てられている。その笑顔は、少し泣き出しそうな色を湛えていた。

姫子を見つめる一輝の瞳が揺れる。意外そうな顔色だ。

そんな視線を向けられ、姫子本人もあまり人に言うようなことではない胸の内を吐露したこともあり、気恥ずかしくなってあははと笑って誤魔化しプールを上がる。

「行きましょ、一輝さん」

「っ！　あ、あぁ……」

何故か固まってしまった兄の友達を促し、兄と幼馴染のところへと向かう。

そして合流するなり、2人から子供みたいな言葉を浴びせられた。

「あ、姫子！　審判を頼む！」

「何をするかはきまってないけど、勝負だよ、勝負！　白黒はっきりつけなきゃ！」

「おにぃ、はるちゃん、いきなり何なの……」

何があったかはわからない。

だけどこの2人が、がるると唸り睨み合いながら気炎を上げている様子は、小さな頃から幾度となく見てきた光景だった。

あの頃と違う、長い髪と短い髪。

あの頃と違う、差が出来てしまった背丈。

あの頃と違う、言い合う声の高さ。

どうせくだらないことで喧嘩したのだろう。

今までだってそうだった。

ゲーム、かけっこ、ラムネの一気飲み。

家で、散歩道で、学校の帰り道で。

怒る、拗ねる、悔しがる。

驚く、喜ぶ、笑い合う。

きっと。

互いの心の中にある天秤に、そんな思い出や感情を積み重ねては揺れて、結局最後は笑顔になって釣り合うのだ。

幼いころから幾度と繰り返してきたように。

だから姫子はため息を1つ。

そして色んな意味を込め、2人と自分に向けて、呆れたように大きな声を上げた。

「――まったく、昔からノリが変わらないんだから！」

エピローグ

どこまでも突き抜けて行けそうな空、その蒼さを彩り漂うまっさらな雲。

四方をまるで額縁のように山に囲まれ、そんな天を拝める片田舎。

都心部へは徒歩30分のバス停からバスに揺られて小一時間、そこから電車で2時間弱、更に新幹線と、移動だけで半日以上はかかる人里から隔絶された辺鄙なところ、そこが月野瀬である。

周囲を見回せば、わずかな平地は田んぼで埋め尽くされ、どこからか野焼きの煙が立ち上り、あちらこちらからは土と肥料の香りが漂ってくる。

沙紀はそんないつもと変わらない月野瀬の光景を眺めながら、自転車でバス停へと向かっていた。

「おーい！　おーい、沙紀ちゃーん！」

「あ、源さん！　こんにちは～！」

畑から声を掛けられ自転車を停める。青々と葉を生い茂らせている畑からは氏子の集まりでも一際酒豪の源じいさんが大きく手を振り、待っていろと止めてくる。

源じいさんはごそごそと手提げのビニール袋へ、今が盛りのナスやトマト、オクラにきゅうりといった夏野菜を詰めてそそくさと駆け寄ってきた。

「ほれ、もってけ。とれたてだ、とれたて、形は悪いがな！」

「こ、こんなにいっぱい……一昨日も貰ったばかりなのに」

「いやいや、霧島の坊主は持ってないだろう？　持ってってやんな」

「ふぇっ⁉」

「今日こっちくるんだろう？　沙紀ちゃんのめかしこんだ格好を見ればわかるよ、わっはっは！」

「え、あ、ちょ、源さん〜っ！」

指摘された沙紀は顔を真っ赤にして抗議するも、まんま図星なので反論もできない。

今日の沙紀の格好は、月野瀬の住人がよく目にする制服や巫女姿でなく、爽やかで綺麗めのカットソーにミモレ丈のレーススカートという、少し背伸びをしたものだ。

まだあどけなさの残る色素の薄い14歳の沙紀を少しだけ大人っぽく演出し、とても彼女に良く似合っている。

んだものである。

ちなみに隼人や姫子たちが帰省してくるこの日のために、頭を悩ませ半月以上かけて選んだものである。

「おーい源さーん、また罠に猪ひっかかっとったわー！　と、沙紀ちゃんもこんにちは！」

「兼八さん、解体か？」

「おうさ！　だから沙紀ちゃんも浮かれてるところ悪いけど、霧島のぼんに手伝いに来てくれるよう言っといてくれよな、がっはっは！」

「っ⁉　も、もぅ、兼八さんまで～っ！」

今度は軽トラックに乗った別の住人がやってきては揶揄われる。

沙紀はもうこれ以上は堪らないとばかりに源じいさんの野菜を自転車への籠へと入れると、逃げ出すようにその場を後にした。「がっはっは」「あっはっは」という笑い声を背に受けながら。これもまた、よくあることだった。

（もぉ～、もぉもぉもぉ！　……でも、そんなに私、浮かれてるのかなぁ？）

自転車を降りて自分を見回してみるも、よくわからない。

強いて言えば服や髪が変じゃないかどうかが気に掛かる。色々な思いが溢れてくる。

（……大丈夫、だよね？）

そのまま自転車をゆっくりと押しながら、バス停のある県道を目指す。

心の中は複雑だった。

早く会いたい気持ちと、先延ばしにしたい気持ちがせめぎ合っている。

特に春希（はるき）。

彼女の存在は、色々と思うところがある。

すると前方から、プァッとバスの発車を告げるクラクションが鳴った。

「沙紀ちゃんだ！　沙紀ちゃーん、おーい沙紀ちゃーん!!」

「あ、姫ちゃん！」

俯（うつむ）いていた顔を上げると、ぶんぶんと手を振りながら駆け寄ってくる2か月ぶりの姫子（親友）の姿。

底抜けに明るい声、そして笑顔。沙紀も釣られて笑顔になる。どうやら予定より早く着いたようだ。

いつだって太陽のように明るいこの親友は、心を晴れやかにしてくれる。自慢の親友だ。

「わー、沙紀ちゃんそれかわいーっ！　大人っぽいーっ！　もしかして背も伸びた!?」

「あはは、特に変わってないよぅ」

「そう？　って、そうだ！　駅でね、ひよこやたまごの形のバターサンドのお土産が美味（おい）しそうでも行列で買えなくて、でもシューマイのお弁当はすっごく美味しかったの！

それからね――」

「そ、そうなんだ～」

「ボクとしては車内販売で食べた、硬すぎるアイスについて言及したいね」

「っ⁉」

「そうそう！　おにぃったらあまりに硬いからホットコーヒー淹れて食べようとしてたの！　邪道だよね！」

「あほがーど風、だっけ？　なんか気取っちゃってさー隼人のクセに！」

「おにぃのクセにねーっ！」

姫子の背後から長い黒髪の、楚々とした女の子が顔を出し会話に入ってくる。

春希だった。

沙紀は思わず息を呑む。

画面越しではその姿を見ていた。

可憐な顔立ちに均整の取れたプロポーション。存在感と言うべきか、実際目の当たりにすると同性の沙紀をして見惚れてしまうほどの魅力あふれる少女である。色んな意味で、はぁ、とため息を吐いてしまう。

「アフォガートだ。イタリアではよく食べられているらしい……って、姫子も春希もはしやぎ過ぎだ。村尾さんが困ってるぞ」

「っ⁉」

沙紀はまたも違う理由で息を呑む。

姫子と春希の背後からやって来たのは隼人だった。両手にはボストンバッグ。最後に見た記憶より、少しだけ髪が伸びている。それだけの間、顔を合わせられなかったということを示していた。

胸が騒がしくなる。身体も固まる。

親友の兄、自分の世界に彩りを与えてくれたかつての少年。

何かを言いたい。

だけど頭の中は真っ白になってしまって言葉が出てこない。

最近グルチャで会話が出来るようにはなっていた。

しかし現実では以前と変わらずまごついてしまっている。

そんな自分がもどかしい。

「おにぃ、沙紀ちゃんに近過ぎるんじゃない？　ほら、びっくりして固まっちゃってる！」

「っと、すまん」

「……っ！　いえ、あのその……っ！」

そして、そんな沙紀の様子を見た姫子がため息を１つ。隼人の腕をとって引き離す。

違う、そうじゃないのに――そんなことを言いたいけれど、適切な言葉と行動がとれない。あわあわとするだけである。

だがそんな沙紀の顔を、不意に春希が覗き込んできた。

「沙紀ちゃんってさ、すっごく可愛いよね」

「っ⁉」

三度、息を呑む。

春希の顔は困ったような呆れているような、不思議な表情をしていた。その真意はわからない。

沙紀が大きく目を開きながら見つめれば、にこりと人好きのする笑顔を返された。

「ボクね、沙紀ちゃんと仲良くなりたい。隼人やひめちゃんに負けないくらい仲良しになりたいんだ」

「……ぁ！」

そう言って沙紀の背後に回り込んだ春希は、トンとその背中を押した。

決して強い力じゃない。だけど身体は前に出る。

「……村尾さん？」

「沙紀ちゃん？」

「〜〜〜っ」

隼人と姫子の前に行く。どうしたことかといった顔を向けられる。

背を押されたとはいえ、それは確かに沙紀の意志だった。だが心構えが出来ているかどうかは別の問題だ。

目が泳ぐ。相変わらず声は出てきてくれない。

ふと、情けなさから目線を落とすと、そこには先ほど源じいさんからもらった夏野菜があった。隼人に渡してやれともらったものだ。

色々お膳立てされていた。

沙紀は顔を赤くしたまま、ぐいっと隼人の前にそれを差し出す。

「あの、これっ、源じいさんから、お兄さんたちにって〜っ！」

「え、なになに？　ナスにオクラにきゅうり……うげ、トマトも」

「あはは、こういうのを見ると田舎に帰ってきたーって気がするね」

「ありがと村尾さん、源じいさんにもお礼言わないとだなぁ」

野菜を受け取った隼人は感慨深く、そしてしみじみと言葉を零す。

（…………ぁ）

そして今一度夏野菜を囲んでわいわいと騒ぐ隼人、姫子、そして春希の顔と周囲の月野瀬の景色を見渡せば、自然と胸に沸き上がる言葉があった。

「み、みなさん、おかえりなさい！」

沙紀の言葉を受けた３人はきょとんとするも一瞬、互いに顔を見合わせみるみる相好を崩していく。

「「「ただいまっ！」」」

返事の声が高い空へと吸い込まれていく。

風が吹き、山々の木々が唄う。

青々とした稲穂が波を打ち、波紋がため池に広がる。

代わり映えのしない田舎、月野瀬。

だけど今年は、いつもと少しだけ違う夏が始まろうとしていた。

あとがき

雲雀湯(ひばりゆ)です！　正確にはどこかの街の銭湯・雲雀湯の看板猫です！

またこのあとがきで皆さんと会うことができましたね！　にゃーん！


さて、3巻です。

お互いやっと昔と違うんだと、異性なんだと意識し始めた2人。

彼らの中にあるまだ恋には至らない幼い好きという思いと、これまでに積み重ねてきた信頼と絆(きずな)。

そうした中、新たな関係を手探りで模索する隼人(はやと)と春希(はるき)と、自分の恋心を明確に自覚している沙紀(さき)の存在。

沙紀の扱いにはかなりの注意を払いました。

一歩間違えれば、彼女の心境的にはともかく、読者から見て横恋慕で嫌な子になっちゃうんじゃ？　編集さんからもそこの指摘を受け、ＷＥＢ版からもかなり手を加えた部分になります。

おかげで魅力的な子に仕上がったと思います。いかがでしたでしょう？

そして沙紀の登場でようやく、ここからラブコメとしての物語が始まる感じですね。

他にも病院やイベントで出会った春希の存在を知っている男性に、一輝の元カノ佐藤愛梨。色々物語の伏線となるようなキャラも出てきています。

また、ドラドラふらっと♭様にて大山樹奈先生による、てんびんのコミカライズも始まっております！

色んな表情を見せる春希たちの姿を、是非ご覧になって下さいね。個人的にはちょこっと出てくる源じいさんの羊がお気に入りです。ぴょこぴょこしてる毛がとっても可愛い！

また、今回もファンレターをたくさんいただきました！

あとまたもファンリカーも（小声）。

ネットが普及しているこのご時世、わざわざ紙に書き起こしたファンレターというのは、作者として筆舌しがたい驚きと喜びがあります。

たとえにゃーんの一言だけだとしても、わざわざ好きだという気持ちを形にして送って来てくれたというのが、とても嬉しいものなのです。

ファンレターはどれも何度も読み返しては書くためのエネルギーになっていますね。是非3巻にも、気軽にどしどし送ってください！

さてさて、3巻もこれからだ！　というところで締めておりますので、是非これからのてんびんを楽しみにしていてくださいね。

最後に編集のK様、様々な相談や提案、ありがとうございます。イラストのシソ様、美麗な絵をありがとうございます。私を支えてくれた全ての人と、ここまで読んでくださった読者の皆様に心からの感謝を。これからも応援してくれると幸いです。

応援はもちろん、ファンレターもお待ちしております！

ファンレターは今回も前回同様、『にゃーん』だけで大丈夫ですよ！

にゃーん！

令和3年　9月　雲　雀　湯

転校先の清楚可憐な美少女が、昔男子と思って一緒に遊んだ幼馴染だった件3

著　雲雀湯

角川スニーカー文庫　22890

2021年11月1日　初版発行

発行者　青柳昌行

発　行　株式会社KADOKAWA
〒102-8177 東京都千代田区富士見2-13-3
電話　0570-002-301（ナビダイヤル）

印刷所　株式会社暁印刷
製本所　本間製本株式会社

◇◇◇

●お問い合わせ
https://www.kadokawa.co.jp/（「お問い合わせ」へお進みください）
※内容によっては、お答えできない場合があります。
※サポートは日本国内のみとさせていただきます。
※Japanese text only

Printed in Japan　ISBN 978-4-04-111957-0　C0193

★ご意見、ご感想をお送りください★
〒102-8177 東京都千代田区富士見 2-13-3
株式会社KADOKAWA　角川スニーカー文庫編集部気付
「雲雀湯」先生
「シソ」先生

[スニーカー文庫公式サイト] ザ・スニーカーWEB　https://sneakerbunko.jp/

角川文庫発刊に際して

角川源義

第二次世界大戦の敗北は、軍事力の敗北であった以上に、私たちの若い文化力の敗退であった。私たちの文化が戦争に対して如何に無力であり、単なるあだ花に過ぎなかったかを、私たちは身を以て体験し痛感した。西洋近代文化の摂取にとって、明治以後八十年の歳月は決して短かすぎたとは言えない。にもかかわらず、近代文化の伝統を確立し、自由な批判と柔軟な良識に富む文化層として自らを形成することに私たちは失敗して来た。そしてこれは、各層への文化の普及滲透を任務とする出版人の責任でもあった。

一九四五年以来、私たちは再び振出しに戻り、第一歩から踏み出すことを余儀なくされた。これは大きな不幸ではあるが、反面、これまでの混沌・未熟・歪曲の中にあった我が国の文化に秩序と確たる基礎を齎らすためには絶好の機会でもある。角川書店は、このような祖国の文化的危機にあたり、微力をも顧みず再建の礎石たるべき抱負と決意とをもって出発したが、ここに創立以来の念願を果すべく角川文庫を発刊する。これまで刊行されたあらゆる全集叢書文庫類の長所と短所とを検討し、古今東西の不朽の典籍を、良心的編集のもとに、廉価に、そして書架にふさわしい美本として、多くのひとびとに提供しようとする。しかし私たちは徒らに百科全書的な知識のジレッタントを作ることを目的とせず、あくまで祖国の文化に秩序と再建への道を示し、この文庫を角川書店の栄ある事業として、今後永久に継続発展せしめ、学芸と教養との殿堂として大成せんことを期したい。多くの読書子の愛情ある忠言と支持とによって、この希望と抱負とを完遂せしめられんことを願う。

一九四九年五月三日

継母の連れ子が元カノだった
Mamahaha
Tsurego
Motokano
昔の恋が終わってくれない
紙城境介
イラスト／たかやKi
好評発売中!
実はまだ好き同士な
元カップルが親の再婚で
きょうだいに!?
第3回
カクヨム
Web小説コンテスト
《大賞》
ラブコメ部門
「僕が兄に決まってるだろ」「私が姉に決まってるでしょ?」親の再婚相手の連れ子が、別れたばかりの元恋人だった!?　“きょうだい”として暮らす二人の、甘くて焦れったい悶絶ラブコメ――ここにお披露目!
スニーカー文庫

全てのおっぱいフレンズに捧ぐ――
理想のバカップルラブコメ!!

『おっぱい揉みたい』って叫んだら、妹の友達と付き合うことになりました。

凪木エコ
イラスト 白クマシェイク
story by eko nagiki
Illustration by sirokuma shake

「おっぱい揉みたい!」俺の魂の叫びに答えたのは天使のような女の子、未仔ちゃんだった。「お、おっぱい揉ませたら、私と付き合ってくれますか……?」甘々でイチャイチャな理想の毎日。彼女がいるって素晴らしい!